Othmar Franz Lang

Meine Spur löscht der Fluss

Othmar Franz Lang

MEINE SPUR LÔSCHT DER FLUSS

Benziger

ISBN 3 545 33072 9

Fluch der Yana

Suwa! Se'galt! maya! Daß du mich glücklich machst!
Der Fluch, den du auf mich herabbeschwörst,
Soll er über dich kommen!
Stirb ohne warnende Krankheit!
Du, der du mein Blut getrunken hast –
Du und alle, die dir lieb sind. Ihr sollt umkommen!

Trinke mein Blut!
Auf daß ich nicht krank werde!
Möge nur ich das Glück kennenlernen. Suwa!

Teil 1

BIST DU EIN YAHI?

Sheriff Webber sprang aus dem klapprigen Wagen, als hätte er es im Kreuz. Er räkelte sich, zog seine Hose mit dem Ledergürtel hoch, klopfte auf die Pistolentasche, als ob er für einen Augenblick zweifelte, daß die Waffe noch drin steckte. Dann fragte er einen der Schlachtergesellen, die ihn erwarteten: «Wo ist er?»
«Dort hinten am Zaun!» sagte ein rothaariger und rotgesichtiger, riesiger Bursche.
Wahrscheinlich Ire, schätzte Webber. «Und?» fragte er weiter. «Was sagt er?»
«Der sieht nicht so aus, Sheriff, als ob er viel sagen möchte. Er hat nur'n bißchen gestöhnt. Ich schätze, daß er sich aus eigener Kraft nicht mehr erheben kann.»
«Bewaffnet?» fragte Webber, der der ganzen Sache nicht traute. Verdammt, was hatte auch eine zerlumpte Gestalt am Zaun des Schlachthauses zu suchen. An den Koppeln fürs Schlachtvieh.
«Bewaffnet!» rief der Rothaarige, der tatsächlich ein Ire war. «Ich wüßte nicht, wo der 'ne Waffe hinstecken sollte, der hat ja nichts an.»
«Nackt?» fragte der Sheriff und rief sich die entsprechenden Paragraphen in Erinnerung.
«Er hat 'ne Pferdedecke über, Sheriff. 'ne alte Pferdedecke, völlig zerschlissen. Ich bin nicht zimperlich, aber mit diesem Dreckzeug möchte ich nicht in Berührung kommen.»
Sheriff J.B. Webber ging langsam, die Hände in die Hüften gestemmt, auf die zusammengesunkene Gestalt am Zaun

zu. Er fand es richtig, in etwa zehn Meter Entfernung stehenzubleiben und den Kerl erst mal aufzufordern aufzustehen und die Hände hochzunehmen.

Er sagte seinen Spruch zwei-, dreimal, dann sah er die Schlachtergesellen angewidert an und kalkulierte richtig, daß ihn jetzt nur ein Witz retten konnte.

«Na», rief er, «der Schnellste ist das nicht. Ich habe mit meinen Sprüchen schon wesentlich mehr Erfolg gehabt.»

Er ging noch zwei, drei Schritte vor. «Hej», rief er, «hörst du mich? Hej, ich bin der Sheriff. Und du hast mir zu antworten!» Er wandte sich an den Rothaarigen. «Ist er am Ende taubstumm? Hat er zu euch was gesagt?»

«Der lag nur da. Zuerst dachten wir, er ist tot. Aber dann merkten wir, daß er atmete.»

Nach zwei weiteren Schritten konnte Sheriff Webber feststellen, daß es sich um eine Rothaut handelte. Wo kam der Bursche her? Seine Haut hatte nicht den kupfernen Farbton, den Webber sonst bei Indianern gesehen hatte. Der hier war entschieden bleicher.

Und das ausgerechnet in meinem Revier, dachte Webber. Konnte es nicht ein paar Meilen weiter sein?

«Ich glaube, er versteht kein Englisch», stellte Webber fest. «Kann einer von euch Spanisch?»

Keiner konnte Spanisch.

«Was habt ihr bloß in der Schule gemacht!» rief Webber und fand den Witz ganz anständig. Und damit die Burschen auch gleich merkten, daß dies ein Witz war, lachte er schallend. Aber das Problem, das ihm die zerlumpte Gestalt beschert hatte, war damit nicht aus der Welt geschafft.

Webber ging jetzt nahe an ihn heran. So nahe, daß er diesen elenden Rest von einer Pferdedecke beinahe mit den

Stiefelspitzen berührte. Aber die Rothaut tat so, als merke sie nichts.
«Bist du ein Mann?» fragte er die abgemagerte Gestalt.
«Ja, es ist 'n Mann», sagte der rothaarige O'Flaherty. «Ich hab's gesehen.»
«Der ist ja nur noch Haut und Knochen», stellte Webber auf den zweiten Blick fest. Einen Moment durchzuckte ihn die Furcht, der Mann könne krank sein, irgendeine ansteckende Krankheit. Man konnte nie wissen! Schließlich war er nur der Sheriff und kein Doktor. – Und heiß wurde es auch. So ein heißer Spätsommertag, an dem der Himmel nicht richtig blau wurde, mehr wie mit Silber verwirkt schien. Und die Fliegen trieben es, daß es eine Schande war. Seltsam, daß der Indianer da unten keine Abwehrbewegung machte. Spürte er die Fliegen, die über ihn krabbelten, nicht?
«Was seh' ich denn da?» rief der Sheriff plötzlich. «Sind dem die Motten ins Haar gekommen?»
«Sieht eher verbrannt aus», sagte O'Flaherty, und die anderen stimmten zu.
«Und dann spricht er kein Wort! Hej, Rothaut, hat dich einer in Brand gesteckt?»
«Ich hab mal mit 'nem Cowboy gesprochen», erklärte O'Flaherty. «Der kam aus dem Norden. Er hat mir erzählt, daß sich die Indianer die Haare am Kopf anzünden. Soll ein Zeichen der Trauer sein oder so etwas Ähnliches.»
«Traurig. So sieht er aus. Na, ich werde ihn auf jeden Fall erst mal mitnehmen. Komm, Freundchen, steh auf.» Webber zog den Indianer hoch und legte ihm, als dieser wankend stand, vorsichtshalber Handschellen an. Er war ein alter Hase, und er hatte schon viel erlebt. Wenn man's genau nahm, viel zu viel. Es schüttelte ihn, wenn er daran

dachte, daß er nun einen Bericht schreiben mußte, in dem genaue Angaben stehen sollten.
Festnahme einer männlichen Person.
Name: Fragezeichen.
Sprache: Fragezeichen.
Geburtsort und Geburtstag: Fragezeichen.
Familienstand: Fragezeichen.
Entsetzlich! Irgendeiner von oben würde ihm sicher den überflüssigen Rat geben, den Festgenommenen einfach zu fragen.
«Was wollen Sie mit ihm machen?» fragte der Rothaarige, dem Webber jetzt auf den Kopf zusagte, daß er ein Ire sei.
«Meine Eltern, Sheriff, ich bin schon hier geboren.»
Webber wies auf den Indianer. «Der sicher auch. Ja, was soll ich mit ihm machen, Mensch?» fragte er böse. «Durchfüttern werd ich ihn müssen und Kleider werd ich zusammenbetteln müssen und dann werde ich sehen, ob ich irgendeinen gottverdammten Idioten finde, der mir den Kerl wieder abnimmt.»
Sie fuhren schon, da kam ihnen der Ire nachgerannt. «Moment noch», schrie er, «Moment noch, Sheriff.» Er band sich seine Schlachterschürze ab. «Hier», sagte er, «sie ist frisch gewaschen, geben Sie sie dem armen Teufel. Die geht zweimal um ihn rum.»

In seinem Office in Oroville sperrte Sheriff J.B. Webber den Wilden zunächst in jene Zelle, in die sonst die Geistesgestörten eingeschlossen wurden oder die Betrunkenen, bis sie wieder nüchtern waren.
Viele Möbel gab es hier nicht. Eine Pritsche und eine grobe Pferdedecke. Ein Wandbrett. Mehr nicht.

«Da», sagte er, «hau dich hin und schlaf erst mal. Siehst verdammt hergenommen aus. Mensch, daß du aber auch kein einziges verständliches Wort hervorbringen kannst. Hau dich hin und schlaf erst mal.»
Er nahm dem Indianer die Handschellen ab, was dieser offenbar nicht begriff, und schloß die Gittertür. Dann schickte er einen Jungen in die Stadt. Er sollte einen Spanier namens Alvarez, einen Mexikaner, der ein Halbblut war, und einen Indianer, der am Stadtrand in einer morschen Bretterbude hauste, holen.
Die drei kamen und redeten nacheinander mit dem Gefangenen, sie redeten und redeten, versuchten es immer wieder, mit einer wahren Eselsgeduld, aber der Mann, das konnte man seinem Gesichtsausdruck entnehmen, verstand kein einziges Wort. Er starrte sein jeweiliges Gegenüber mit weit aufgerissenen Augen an, sie waren voll Angst, und er schüttelte den Kopf. Manchmal fragte er in seiner Sprache, die sich ganz ulkig anhörte, zurück, aber das verstanden die anderen wieder nicht.
«Geht nach Hause, Leute!» rief Webber. «Ich werde euch eure Hilfsbereitschaft nie vergessen.» Und als die drei gerade sein Office verlassen hatten und er noch eine Weile am Türstock lehnte und ihnen nachsah, rannte ausgerechnet der junge Bursche von dem Oroviller Käseblättchen, der sich stolz Redakteur nannte, in sein Blickfeld.
«Hej, Freundchen!» rief Webber, zum erstenmal an diesem Tag etwas froher. «Komm her, vielleicht hab ich was für dich.»
«Hoffentlich nicht nur einen kleinen Ladendieb, Sheriff.»
«Nein, ich denke, es ist schon was Besseres.»
«Ein Mord etwa? Vielleicht eine Eifersuchtstragödie? Spanier ersticht seine treulose Frau, die er mit einem anderen

beim gemeinsamen Gitarrenspiel ertappt hat?»
«Scherz beiseite», sagte Webber mit zusammengebissenen Zähnen, «es ist vielleicht sogar ein bißchen mehr.»
«Was haben Sie, Sheriff Webber?»
Sheriff Webber sah sich um, ehe er bekannte: «Ich hab 'nen Wilden eingefangen. Draußen am Schlachthof. So gut wie splitternackt, wenn man eine Pferdedecke, die aus lauter Löchern besteht, nicht mitzählt.»
«Einen Wilden?» fragte der Redakteur. «Eine Rothaut? Draußen am Schlachthof? Splitternackt?»
«Wie ich's sage.»
«Darf man ihn sehen?»
«Natürlich», sagte Webber, stieß sich vom Türstock ab und winkte den Zeitungsmann mit einer Kopfbewegung herein.
Der traute sich nicht ganz ans Gitter heran. Man wußte nie bei diesen Kerlen. Manche waren listig und verschlagen und griffen ganz überraschend an. Der da wirkte zwar harmlos, weil er so mager und so apathisch war.
«Hej», rief der Zeitungsmann leise, «was sagt dir der Name Cochise? Hast du schon von Cochise, dem Häuptling der Apachen gehört? Nein? Oder Tecumseh? Auch nichts? Aber von Sitting Bull werdet ihr euch doch erzählt haben? Wie? Auch Fehlanzeige? Mann, hast du keine Zeitung gelesen?»
«Der nicht», meinte Webber, «der ganz bestimmt nicht.»
Der Journalist ließ sich nicht beirren. «Aber Crazy Horse wird dir doch ein Begriff sein. Mensch, welches Datum haben wir heute?»
«Den neunundzwanzigsten August. Was soll's? Der neunundzwanzigste August 1911.»
«Und am 5. September, das weiß ich, ist der Todestag von

Crazy Horse. Am 5. September 1877 haben sie ihn kaltgemacht. Nein, Crazy Horse kennt er auch nicht.»
«Wer hat ihn kaltgemacht?» fragte Webber. «Die Farmer?»
«Nein, unsere glorreiche Armee.»
Es entstand ein Schweigen, das beiden nicht angenehm war.
In der Tür kam dem Zeitungsmann ein Einfall. «Sheriff, noch eine Frage . . .»
«Frag nicht so viel, schreib etwas darüber!»
«Könnt' ich mit dem Fotografen kommen? Weiß der Teufel, die Leute wollen immer weniger lesen. Wo das noch hinführen wird? Sie wollen nur noch Bilder angucken.»
«Hau ab und komm mit dem Fotografen, aber dann will ich meine Ruhe haben.»
Sheriff J.B. Webber ahnte zu diesem Zeitpunkt noch nicht, daß das nur ein frommer Wunsch war.

Der Indianer wußte, daß dies sein Ende war. Er kauerte in der hinteren linken Ecke der Zelle auf dem Fußboden. Er hatte sich in sich zurückgezogen und bereitete sich auf seinen Tod vor. Er kannte die Weißen. Sie ließen keinen von seinen Leuten am Leben, sogar die Kinder hatten sie erschossen oder erschlagen. Er wußte es, er hatte viele Leichen verbrannt. Deshalb war sein Haar so kurz.
Er hatte das Gefühl, daß sein Tod vorbereitet wurde. Da waren zuerst die drei Männer gewesen, dann der eine, und er hatte durchaus begriffen, daß sie ihn gefragt hatten, aber nicht wonach. Und der letzte, der ging, der war gegangen, um wiederzukommen.
Er fühlte, daß er sterben mußte. Würde der letzte weiße

Mann, der hier war, einen Strick holen, oder eine Büchse? Er versuchte an das Land der Yahi und Yana zu denken. An die Berge und Täler und an den höchsten Berg, den er je gesehen hatte, und der in seiner Sprache Waganupa hieß. Schnee bedeckte den Gipfel, und zuweilen grollte der Berg und spie Feuer und Rauch. Föhren und Fichten standen auf den Höhen, versammelten sich zu Wäldern, und die Flüsse hatten tiefe Täler und Schluchten in den Fels gegraben. Riesige Felsbrocken waren von den Bergen gefallen und lagen verstreut auf flachen Bergrücken, auf den duftenden Wiesen und mitten in den Wäldern.

Jetzt stand wieder der große kräftige Mann am Gitter, der Mann, der ihn hierher gebracht hatte. Er hielt eine Schüssel in der Hand, die einen merkwürdigen Geruch verbreitete. So hatte es öfter in der Nähe der Weißen gerochen, am Abend oder zu Mittag. Und der Mann redete sehr laut, als hätte er nichts und niemanden zu fürchten. Und er zeigte ihm mit der freien Hand, daß er kommen solle.

Der Indianer erhob sich mühsam und kam an das Gitter. Und da sah er, daß das, was so eigenartig roch, Essen war. Warmes Essen, heißes Essen. Dampf stieg von der Schüssel auf, eine leichte Rauchfahne, fast wie am Waganupa. Der Mann brüllte, doch dann versuchte er wieder, freundlich zu sein. Er stieß mit der Schüssel ans Gitter, tauchte ein blankes Metall in das Essen und hielt es ihm hin. Der Indianer schüttelte den Kopf. Von den Weißen kam nichts Gutes. Und jetzt wußte er es auch. Sie wollten ihn nicht mit dem Gewehr töten und nicht mit dem Strick. Sie wollten ihn vergiften, in ihrem Essen war Gift.

Er schüttelte den Kopf und ging in seine Ecke zurück, kauerte sich hin und reagierte nicht mehr auf die Rufe des großen weißen Mannes.

Und dann stand plötzlich wieder der andere Mann in der Tür, der vorhin gegangen war, und er hatte einen Fremden mitgebracht, der ein dreibeiniges Ding mit sich trug, das in der Mitte ein Auge hatte.
Die drei sprachen nun miteinander, und der Indianer hatte das Gefühl, sie stritten, weil sie so laut waren. Sie redeten mit den Zungen und mit den Händen, sie rüttelten an seinem Gitter, das ihn schützte, und da kam, was er gefürchtet hatte. Sie wollten ihn haben. Der große, starke Mann mußte ihn ausliefern. Ihm war klar, daß das seine letzten Atemzüge waren, das Auge, das auf ihn gerichtet war, würde ihn töten.
Nun entfaltete der neu hinzugekommene Mann noch ein schwarzes Tuch und verhüllte sich und die Waffe mit den drei Beinen damit. Der Indianer stand da und wartete, bis es vorüber war. Er begriff nicht, was um ihn herum vorging und welche Riten die Weißen vollzogen. Er wollte keine Angst zeigen und stand aufrecht. Er war der Letzte der Yahi, niemand sollte von ihm erzählen, er habe gezittert oder sei feige gewesen.
«Macht schnell», sagte er in seiner Sprache. «Quält nicht den letzten Yahi.» Aber sie sahen ihn nur verständnislos an, und der große starke Mann kam wieder mit der Schüssel, die nun nicht mehr dampfte, und hielt sie ihm hin.
Der Indianer hob abwehrend die Rechte.
«Da seht ihr's», rief der Sheriff, «ich gebe ihm Essen. Der Mann da ist am Zusammenklappen. Glaubt ihr, der nimmt auch nur einen Bissen? Nichts. Dabei kocht meine Frau das beste Irish-Stew weit und breit.»
Nun hatte der Mann mit der Waffe noch einen Stock in der Hand und darauf heftete er etwas Weißes, daß es aussah

wie ein Wimpel, und er deutete ihm, er solle die Augen offenhalten und geradestehen. Er brauchte keine Angst zu haben. Er würde die Augen nicht feige schließen. Er war der Letzte, er ging zu den andern, zu seiner Mutter und seiner Schwester und den vielen, vielen anderen Yahis.
Jetzt brannte ein weißer Streifen unter dem kleinen Wimpel, und der Mann mit der dreibeinigen Waffe starrte ihn an. Der große starke Mann stellte die Schüssel weg und schien unschlüssig . . .
Da, ein greller Blitz! Ein zischendes Geräusch. Geblendet stellte der Indianer nach kurzer Zeit fest, daß kein lauter Donner folgte und daß er noch lebte. Erst allmählich sah er wieder die anderen drei Männer, und jetzt brachte ihm der zweite Mann, der den dritten geholt hatte, die Schüssel. Wahrscheinlich hatte die Waffe versagt.
«Da, iß!» rief er. «So etwas Gutes hast du dein Leben lang nicht gegessen.»
Aber der Indianer streckte wieder abwehrend die Hand aus. Er hatte gelernt zu hungern.
«Ist ja kein Wunder», sagte der Redakteur, «ist wirklich kein Wunder, daß ein Roter das Essen aus der Hand eines Weißen ausschlägt. Die wissen von uns doch nur eines, daß wir sie umbringen, wo und wann wir nur können.»

Die erste Nacht im Gefängnis war für den Indianer seine erste Nacht in einem Haus der Weißen. Er wußte nicht, was ihm bevorstand. Er war nur sicher, daß sie ihn töten würden. Zweimal hatte der Fremde draußen Blitze gegen ihn geschossen. Vielleicht sollten diese ihn langsam töten. Er nahm es hin. Vielleicht war es auch ein Zauber. Er war froh, sich nicht mehr verstecken, froh, nicht mehr fliehen

zu müssen. Freilich, die Luft draußen an den Hängen des mächtigen Waganupa war besser gewesen als die stickige Luft im Office des Sheriffs.
Er versuchte, sich verschiedene Bilder in Erinnerung zu rufen, die ihm die Zeit vertrieben. Das Bild der drei riesigen Felsblöcke, auf denen eine Föhre wuchs, und die im Hinunterstürzen so liegengeblieben waren, daß man durch einen engen Spalt in eine halb gedeckte Höhle kam, in der man sich verstecken konnte. Freilich, nur so lange die Jäger keine Hunde mit sich führten. Oder das Erdhaus seiner Kindheit, der Ofen vor der Hütte, in dem seine Mutter Aniswurzeln röstete . . .
Er spürte keinen Hunger mehr. Er hatte nur Durst. Bisher hatte er von den Weißen kein Wasser genommen. Morgen, überlegte er, würde er einen Schluck nehmen und ihn zwischen Zunge und Gaumen lange prüfen. Wenn es richtiges Wasser war, würde er es hinunterschlucken.
Er fand, das Haus sei voller Geräusche. Geräusche, die er nicht kennen konnte. Und er wunderte sich, daß die Weißen diesen Lärm, den das Haus verursachte, vertrugen. Auch draußen war es hin und wieder laut. Zwei Männer stritten, andere kamen hinzu. Ein Betrunkener gröhlte, ein Hund jaulte auf, andere bellten los und weckten alle schlafenden Hunde.
Er döste schließlich in seinem Winkel ein, wagte aber nicht, richtig zu schlafen. Sie konnten ja warten, bis er schlief, um ihn dann zu töten. Müde drückte er sich in die Ecke, um gut geschützt zu sein.
Einmal waren weiße Siedler hinter ihnen hergewesen, aber sie konnten ihnen nur schlecht folgen, da sie den Weg der Yahis im Wald und Buschwerk nicht kannten. Die Yahis waren schon lange vor den Verfolgern am Rand der

Schlucht und kletterten an ihren Seilen aus Wolfsmilchfasern hinunter. Er hing noch am Seil, reglos wie eine tote Last, als er oben die Verfolger sprechen hörte. Sie schienen oben hin und her zu laufen, wütend, und ratlos über das plötzliche Verschwinden der Rothäute. Das Seil schnitt in seine Haut, seine Kräfte ließen nach, unter ihm ging es tief in den Mill Creek Cañon hinunter, aber er wußte, er war durch die Bäume am oberen Rand der Schlucht gut gedeckt.

Erst als die Stimmen der Weißen sich entfernten, kletterte er weiter hinunter und kam fast kraftlos unten an. Seine Schwester und seine Mutter hoben ihn auf den Felsvorsprung, wo er zusammensank. Er spürte seine Arme kaum, er hatte sich zu stark in den Mauerwinkel gepreßt, seine Hände fühlten sich taub an. Er erhob sich. Ihn fröstelte. Er hatte das Gefühl, es sei nicht genug Luft zum Atmen im Raum. Er war die klare Luft am Waganupa gewöhnt, dem Berg, in dem grollende Geister hausten und auf dessen Gipfel immer Schnee lag.

Lautlos richtete er sich auf und stand eine Weile, dann schlich er zur Pritsche und faßte die rauhe schwere Decke an. Als nichts geschah, drückte er nach einer längeren Pause mit beiden Händen auf das Holzgestell. Es schien nicht nachzugeben. Wieder ließ er einige Zeit verstreichen. Er hob den Kopf und schloß die Augen, um besser lauschen zu können. Aber da war Stille, nur ziemlich weit entfernt, irgendwo in der Stadt bellte ein Hund.

Er drehte der Pritsche den Rücken zu und setzte sich kurz darauf; kaum aber hatte er sein ganzes Gewicht der Pritsche überlassen, fuhr er wieder hoch. Er traute dem Frieden nicht. Dann aber übermannte ihn doch die Müdigkeit. Er war zu erschöpft. Er wußte nicht mehr die Zahl der

Tage, da er das letztemal einigermaßen satt geworden war. Der Hunger plagte ihn jetzt im hohen Sommer schlimmer als sonst gegen Ende des Winters, wenn die Vorräte zu Ende gingen.
Er setzte sich wieder auf die Pritsche, diesmal länger. Das war angenehm und weich. Er konnte der Versuchung nicht widerstehen, sich hinzulegen und auszustrecken. Ihn überkam ein wohliges Gefühl. Dann aber starrte er die Zellendecke über sich an, an der er nichts erkennen konnte. Ob da oben eine Gefahr auf ihn lauerte?
In der Hütte eines Yahis hätte er keine Angst haben müssen. Aber in einem Haus der Weißen? Er stand auf und ging wieder in seine Ecke. Die Mauer, an der er vorhin gelehnt hatte, war schnell erkaltet. Aber das machte nichts. Hier fühlte er sich sicher, wie auf dem Felsvorsprung in ihrer Schlucht, auf dieser schmalen Steinplatte, auf der sie gelernt hatten zu leben. Ein idealer Platz für Gejagte. Über ihnen eine leicht überhängende bis senkrecht abstürzende Wand, tief unter ihnen das immerwährende Rauschen des Flusses.
Wiederum hing er fast ohne Kraft im Seil aus Wolfsmilchfasern. Und wiederum war es ihm, als würden ihn seine Mutter und Schwester vom Seil weg auf die Felsplattform heben. Und er sank am Fels nieder und schlief vor Erschöpfung ein.

Am nächsten Tag hätte Sheriff Webber viel darum gegeben, weiß Gott wo zu sein, nur nicht in seinem Office.
Die Leute kamen, als hätte er ein wildes Tier gefangen.
«Haut ab!» brüllte er wütend. «Seht zu, daß ihr wegkommt. Gefangene dürfen nicht besichtigt werden. Seht

euch das Bild in der Zeitung an, mehr als da steht, kann ich euch nicht sagen.»
Aber die Leute wollten mehr wissen, wollten hören, wie viele Weiße der Indianer umgebracht hatte und wann er wohl aufgeknüpft würde.
«Der Mann hat nichts verbrochen», rief Webber, «und wer nichts verbrochen hat, wird nicht verurteilt. Haut ab, sage ich.»
«Du sprichst», sagte ein alter weißhaariger Mann, «als ob der da drinnen ein Mensch wäre. Sieh dir das Bild in der Zeitung an, dann merkst du, das ist kein Mensch.»
«Unser Pfarrer sagt», schrie eine zahnlose Alte mit einer Nickelbrille auf der Nase, «unser Pfarrer sagt, Indianer haben nur die halbe Seele von einem Weißen.»
«So ein Blödsinn!» schrie der Weißhaarige. «Diese Weiber sind doch zu dumm. Ein Indianer hat zwei Drittel von der Seele eines Weißen.»
«Dann haben eben Nigger nur die halbe Seele von einem Weißen.»
«Auch das ist falsch. Ein Nigger hat nur die halbe Seele von einem Indianer und daher nur ein Drittel der Seele von uns Weißen. Das ist doch klar, darum hat uns auch Gott in dieses Land geführt, daß wir es uns untertan machen. Kennst du die Bibel nicht? Da steht es, schwarz auf weiß, ‹Macht euch die Erde untertan›. Wir sind sein Volk, wir müssen das tun.»
«Haut ab», sagte der Sheriff monoton. «Ich sage immer nur, haut ab. Ihr kriegt den armen Teufel nicht zu sehen. Oder soll ich Verstärkung anfordern!»
«Was ist mit dir los, Sheriff?» rief der weißhaarige Mann. «Wirst du alt? Gott waren die Rothäute gleichgültig, oder meinst du, er hätte sie sonst im Stich gelassen? Er hat sie

nicht beschützt, weil sie Heiden waren. Das ist es. Er hat sie bestraft. Durch uns.»

«Hau ab», sagte der Sheriff angewidert, ging in sein Büro und schloß die Tür hinter sich, dann holte er sich ein Gewehr von der Wand, lud es durch und setzte sich damit an seinen Schreibtisch. Der erste, der hier hereinkam, das hatte er fest vor, den würde er über den Haufen schießen. Aber die Leute draußen verzogen sich allmählich. Webber konnte das Gewehr entladen und wieder an die Wand hängen, dann ging er zum Zellengitter.

«Hej», rief er dem Indianer zu, «willst du vielleicht jetzt etwas zu essen? Mensch, was ist denn eine Delikatesse für dich? Gegrillte Regenwürmer oder weichgekochte Baumrinde, was stand auf eurem Speisezettel, hm?»

Er winkte den Indianer zu sich her und sprach im sanftesten Tonfall, den er zur Verfügung hatte, auf diesen ein.

Der Indianer fühlte sich tatsächlich angesprochen, richtete sich auf und kam zögernd ans Gitter.

«Du arme, gesengte Rothaut», sagte J.B. Webber, «was meinst du, wie Gott die Seelen verteilt hat? Hm? Meinst du wirklich auch, er hat sie so scheibchenweise verteilt, wie von einer großen Stange Wurst? Da ist n'Weißer, der kriegt ein schönes Stück, da 'ne Rothaut, nur zwei Drittel, da 'n Nigger, der nur ein dünnes Scheibchen. Was ist das für ein mieser Gott, den die haben! Was sind das für miese Menschen! Die werden sich so lange die Erde untertan machen, bis die eines Tages vor lauter Untertänigkeit in Brüche geht, das sage ich dir. Komm, Alter, so jung bist du ja auch nicht mehr. Iß endlich was. Wenigstens ein Knochensüppchen oder einen Brei, daß du was im Magen hast. Hm?»

Jetzt standen sie einander ganz nahe gegenüber, nie hatte

Webber aus solcher Nähe einen Indianer gesehen, nie dieser aus solcher Nähe einen Weißen. Der Blick eines jeden ging über den anderen hin und blieb schließlich an den Augen des anderen haften.
«Was denkst du?» fragte Webber und versuchte ein Lächeln, weil der Blick des Indianers kaum zu ertragen war. «Lach doch auch ein bißchen», bettelte er.
Aber der Indianer lächelte nicht. Und Webber hatte das Gefühl, der Blick des anderen würde mit der Zeit immer vorwurfsvoller. Er ließ sich kaum ertragen.
«Welch ein Glück», sagte J.B. Webber, «daß ein solides und stabiles Gitter zwischen uns ist.»

Als die Sonne am höchsten stand, brachte der große, starke Mann erneut eine Schüssel für den Gefangenen. Der Geruch war verlockend, aber der wehrte ab. Sein Hunger schmerzte nicht mehr, der war zu ertragen.
Auch an Durst litt er nicht. Er hatte Wasser zum Waschen bekommen und damit, bevor er sich wusch, seine Zunge benetzt.
Wiederum hockte er sich hin und wartete. Er war in Geduld geübt. Er hatte manchmal tagelang Geduld aufbringen müssen, ehe er ein Reh oder einen jungen Hirsch erlegen konnte. Er stand einen halben Sonnenlauf an den Stamm eines Baumes gelehnt, bis das Wild auftauchte.
Die Stunden verrannen. Der Gefangene nahm es nicht wahr. Er merkte nur, daß es Abend wurde und dann Nacht. Eine Weile brannte ein helles Licht draußen vor dem Gitter. Es brannte von selbst. Der große starke Mann hatte es nicht eigens angezündet. Es war ein Zauber, den er in der Nähe des Türstockes auslöste. Und wo er saß, hatte

er noch ein Licht mit einem grünen Schirm darüber. Er hielt etwas in den Händen, das raschelte und das weiß war mit schwarzen Punkten und Strichen darauf. Er hielt es lange, ehe er es zusammenfaltete und neben die grüne Lampe auf den Tisch warf.
Sheriff Webber rieb sich nach seiner Zeitungslektüre die Augen. Ein stiller Abend heute. Nichts los. Wäre nicht der verdammte Indianer hinter ihm in der Zelle gewesen, er hätte beinahe zufrieden sein können. Aber der Indianer hockte da hinten, eingehüllt in die zu weite Metzgerschürze und rührte sich nicht.
Andere Häftlinge, die beschimpften ihn wenigstens, die beschäftigten ihn den ganzen Tag. Mal wollten sie das haben, mal was anderes. Mal wollten sie ein Fenster geöffnet haben, mal wieder geschlossen.
Aber sie redeten wenigstens etwas! In einer Sprache, die er verstand. Und sie aßen auch etwas. Sie aßen nicht nur, sondern es war ihnen immer zuwenig.
Er ging wieder zum Gitter, hinter dem der Indianer hockte, und versuchte es noch einmal. Er redete ihm gut zu, aber es nützte nichts.
Allmählich kränkte ihn dieser Hochmut. Jawohl, Hochmut, das war es. Und ein Mann, der nicht Englisch konnte, der nicht mal lesen und schreiben konnte, hatte nicht den geringsten Grund, hochmütig zu sein.
«He du», sagte er in seiner gütigsten Stimme, mit einer Stimme, wie er als junger Mann mit Mädchen gesprochen hatte, «komm doch mal her! Wir beide, du und ich, wir sind doch Menschen. Wir beide führen keinen Krieg. Sieh, ich hab dich hierher gebracht, weil du draußen vor die Hunde gegangen wärst. Das mußt du doch einsehen. Ja? Zugegeben, ich war mal anders. Aber wenn man älter

wird, wird man weise. Ich hab solche Burschen gehabt, Mexikaner, die waren auch so hochmütig wie du. Denen hab ich den Hochmut aber ausgetrieben. Wenn einer meinen Schlüsselbund zwischen die Rippen bekommt, vergißt er so etwas wie Hochmut. Laß mich doch endlich mal was mit Güte erreichen.»

Webber brach unvermittelt ab. Er hatte innerlich mit sich eine Wette abgeschlossen. Wenn der Indianer auf ihn reagierte, hatte er gewettet, dann war er vielleicht doch ein richtiger Mensch. Mit Seele. Aber der Rote hatte die Augen geschlossen und die Hände übereinandergelegt. Er saß da wie tot.

«Na, dann nicht», sagte Webber, rüttelte sicherheitshalber nochmal am Gitter, drehte das Licht aus und ging zu seiner Frau hinauf.

Völlig zerschlagen öffnete Sheriff Webber am nächsten Morgen sein Office. In ausgetretenen Hausschuhen war er heruntergekommen, hatte die Eingangstür aufgesperrt und die Läden von den Fenstern genommen.

Der Indianer kauerte wieder in seiner Ecke. Aber Webber hatte gemerkt, daß er von der Pritsche aufgesprungen war. Er hatte diese Nacht also auf der Pritsche geschlafen und sich mit der Decke zugedeckt, die noch unordentlich dalag. Verdammt, die Rothaut hatte sicher besser geschlafen als er.

Dafür mußte ihm aber der Magen knurren, und das ganz ordentlich. Die zwei Tage, die der Kerl unter seiner Aufsicht war, hatte er nichts gegessen. Und er mußte auch vorher schon lange nichts Vernünftiges mehr zwischen die Zähne bekommen haben.

Alle Achtung, der Bursche hatte einen eisernen Willen. Wenn er, Webber, nur gewußt hätte, warum die Rothaut derart stur hungerte. Heute wollte er ihn weichkriegen. Er hatte zu seiner Frau gesagt, sie solle ihm das Frühstück hinunterbringen, auf seinen Schreibtisch. Rührei mit Speckwürfelchen, den Speck ordentlich angebraten, daß er duftete, und das Rührei wie immer aus drei Eiern. Dazu Tee und Butter und Konfitüre. Der Rothaut sollte das Wasser im Munde stehen.

Webber sog auch die Luft ein, als seine Frau mit dem Frühstückstablett den Raum betrat. Das roch wirklich verführerisch. Er machte «hm!» und «ham!», goß sich die Tasse mit Tee voll und mampfte Brot und Ei und Speck, nachdem er sich das Rührei noch ordentlich gepfeffert hatte.

Aber der Indianer rührte sich nicht. Er hockte unbeteiligt in seinem Winkel, die Beine angezogen, die Hände übereinandergelegt. Eine Statue aus Bronze oder Marmor hätte sich nicht weniger bewegen können.

Kein Wunder, daß Webber da auch der Appetit verging. Widerwillig schob er mehr als die Hälfte seiner Portion von sich und trank nur die Tasse leer. Dann lief er zum Gitter und brüllte in die Zelle: «Das eine sag ich dir, Rothaut. Hör mir gut zu! Wenn heute nichts geschieht, dann ... dann ... dann geschieht etwas!»

Man mußte zugeben, daß dieser Indianer sich beherrschen konnte. Keine Spur von Zusammenzucken, sondern nicht mehr zu ertragende Gleichmut. Nur als er ihm den Rest Rührei hinhielt und ihn zu sich befahl, zeigte sich in der Abwehr des Wilden auch Angst. War das die Möglichkeit? Der Kerl fürchtete sich nicht vor den Menschen. Bloß vor dem Essen, da hatte er offensichtlich Angst.

Webber schlurfte zum Schrank, öffnete ihn, holte seine Stiefel heraus, zog sie an und knallte seine Pantoffeln auf den Platz, wo die Stiefel gestanden hatten. Dann öffnete er die Tür und blickte hinaus. Die Leute von Oroville schienen den Wilden nicht vergessen zu haben.
Einige Mexikaner und Spanier standen da mit Kochgeschirren in der Hand und versuchten ein Lächeln.
«He», rief Webber, «was wollt ihr denn?»
Einer trat vor: «Wir haben gehört, daß roter Mann nichts essen. Unsere Frauen haben zerbrochen sich Kopf, was dem roten Mann schmecken. Hier wir ihm bringen.»
Webber winkte zunächst ab. «Leute, er hätte das beste Irish-Stew von ganz Kalifornien haben können. Gestern abend eine wunderbare Gemüsesuppe mit Rindfleisch. Heute Rührei mit Speck, ich hab eigens davon gegessen, daß er sieht, daß es gut ist und daß ich ihm nichts Schlechtes gebe. Aber er sieht es nicht mal an. Ich will euch was sagen, der sieht nicht mal mich an. Der sieht glatt durch mich hindurch . . . Aber bitte, wenn ihr meint, er nimmt von euch etwas, ich will es ausnahmsweise genehmigen, daß ihr hineingeht. Es soll nicht meine Schuld sein, wenn der Kerl verhungert.»
Die sechs, sieben Mann stürmten das Office und drängten sich am Gitter des Gefangenen. Sie zeigten ihr Essen und beschworen ihn, doch etwas zu sich zu nehmen.
Aber der Mann im hintersten Winkel der Zelle rührte sich nicht. Seine Augen blieben ausdruckslos, als wären die anderen nicht vorhanden. Er nahm auch von ihnen keinen Bissen.
Traurig schlichen sie davon. Webber sah ihnen nach. Ein Glück, daß die Alten von gestern nicht mehr da waren. Und die von heute würden erzählen, daß der wilde Mann

absolut nichts annahm. An ihm allein lag es also nicht. Er sah sich noch einmal um. Da waren einige Fußgänger, zwei Reiter, ein Planwagen und eine Benzinkutsche, die offensichtlich ihren Geist aufgegeben hatte. Sonst sah er nichts. Nicht der geringste Anlaß zur Besorgnis. Er ging zurück in sein Büro, schloß die Tür hinter sich und setzte sich an seinen Tisch, um eine Anfrage zu beantworten, da schepperte es draußen vor der Tür, zwischendrin schlug eine Klingel zart an.

Bevor Webber die Ursache des Geräusches richtig begriffen hatte, stürzte der Junge von der Telegrafenstation herein und brachte ihm ein Telegramm. Es war an den Sheriff von Oroville gerichtet.

Ein Professor Kroeber aus San Francisco wollte wissen, ob die Meldung im «San Francisco Call» stimme, daß bei ihm ein Indianer inhaftiert sei, dessen Sprache niemand verstünde. Er solle ihm doch umgehend diese Meldung bestätigen oder dementieren.

Webber hätte sein Telegramm gleich auf einen Zettel schreiben und dem Jungen, dessen Fahrrad er durch die offene Tür auf der Straße liegen sah, mitgeben können. Das wäre die nüchterne, die undramatische Lösung gewesen. Aber er entschloß sich für die dramatische Lösung dieses Problems.

Mit einer Kopfbewegung auf das Fahrrad deutend, sagte er dem Botenjungen: «Scheinst ein fixer Bursche zu sein. Bleib nur so, dann wird noch was aus dir.»

«Eine Antwort, Sir?»

«Nein, nein, ich sehe nachher selber an der Station vorbei, sobald ich das Problem meiner Stellvertretung gelöst habe.»

Der Junge war enttäuscht, das konnte man ihm ansehen.

Draußen hob er sein Fahrrad auf und schob es ganz langsam davon.
«Mary!» brüllte Webber.
Seine Frau erschien sofort. Sie wischte sich die Hände an der Schürze trocken.
«Was ist, J.B.?»
Webber wies auf das Telegramm auf seinem Schreibtisch und begann vor dem Tisch auf und ab zu gehen. «Da!» deutete er mit der Rechten auf das gefaltete Blatt. «Eben hat mir ein Professor aus San Francisco telegrafiert.»
«Wirklich?» fragte Mary. «Dich kennt ein Professor aus San Francisco?»
«Warum nicht? He? Warum sollte mich ein Professor in San Francisco nicht kennen?» Er nahm das Telegrammformular an sich und las ihr den Text vor.
«Oh, J.B., dann kriegen wir diese entsetzliche Rothaut vielleicht los?»
«Sehr richtig.» Webber nickte. «Hilfssheriff White ist dienstlich unterwegs, deshalb setzt du dich jetzt hier an den Schreibtisch und gibst acht, daß dem armen Teufel da drinnen kein Haar gekrümmt wird, verstanden? Für den interessiert sich die Wissenschaft, verstehst du das?»
«Aber selbstverständlich. Ich soll keinen an den Indianer ranlassen.»
Webber nickte, holte sein Gewehr von der Wand und lud es durch. «Da, laß keinen näher als drei Meter an dich ran.»
«Wird gemacht», sagte Mary. Webber wußte, daß er sich auf sie verlassen konnte. Er machte sich auf den Weg, den Telegrammzettel in der Hand.
Was war das bloß für ein Tag! Ganz mies hatte er begonnen, und jetzt hatte er ein Telegramm erhalten und war auf

dem Weg zur Telegrafenstation, um selber ein Telegramm aufzugeben. Das dürre Männchen dort, das immer Ärmelschoner über seine Hemd- oder Jackenärmel gestreift hatte und an einem schmutzigweißen Gummiband einen durchsichtigen grünen Mützenschirm über den Augen trug und einen Kneifer mit trüben Gläsern auf der dünnen Nase, würde vor Unterwürfigkeit zerfließen. «Oh, der Sheriff. Ei, gewiß, Sir.»

Sheriff Webber betrat das Büro, als gehöre ihm ganz Kalifornien. «Ein Formular», rief er lauter, als nötig war. Eine Dame mit einem riesigen Hut, der mit viel Obst und einer kleinen Taube geschmückt war, sah ihn offensichtlich bewundernd an.

Als ihm der dürre Telegrafist das Formular reichte, sagte Webber wie nebenbei: «Ich muß mal schnell an die Universität von Frisco telegrafieren. An Professor Kroeber, einen alten Bekannten von mir. Er ist Wissenschaftler, ein An-, ein An-, na, wie heißt das Zeugs gleich, ein Anprotologe.»

Dann schob er seinen breitkrempigen Hut aus der Stirn, befeuchtete den Tintenstift und schrieb:

«Professor Kroeber, Anthropologisches ...» huch, war das ein scheußliches Wort! «Institut der Universität von Kalifornien, San Francisco.» Jetzt wurde es leichter, oder doch nicht? Wie begann er am besten auf die kürzeste Art? Er überlegte: «Der von mir gefangengenommene Indianer ...», das war zuviel. Vielzuviel, das riß ein Loch in seine Tasche. Nach langem Überlegen hatte er die Antwort beisammen: «Meldung stimmt. Indianer in meinem Gewahrsam. Webber, Sheriff.»

Auf dem Rückweg rannte Webber fast Redakteur Sherman, der um eine Ecke geschossen kam, um. Der war wieder einmal einer sensationellen Neuigkeit auf der Spur

und wollte weiter, aber Webber hielt ihn am Jackenkragen fest. «Halt, ich hab auch was für dich.»
«Schon wieder, Sheriff?»
«Schon wieder», sagte Webber stolz. «Was meinst du, woher ich komme?»
«Keine Ahnung, Sheriff», sagte der Redakteur befliessen.
«Ich komme von der Telegrafenstation, und was meinst du, wem ich telegrafiert habe?»
«Keine Ahnung, Sir.»
«Meinem alten Bekannten, und ich darf auch sagen Freund, Professor Kroeber vom An . . . vom Antoprologischen Institut der Universität von Kalifornien in San Francisco.»
«Nein!» rief der Redakteur, «kommt er vielleicht hierher?»
«Das ist noch nicht sicher. Er hat nur im ‹San Francisco Call› einen Bericht über unseren Indianer gelesen.»
«Was?» rief der Redakteur, «im ‹Francisco Call›? Das ist ja meine Meldung, die haben sie von mir. Oh, Mann! Wirklich, im ‹Francisco Call›!»
«Ja, er hat ihn ausdrücklich erwähnt.»
Der junge Mann war hingerissen. Das war fast schon Ruhm! Sein erster Bericht in der Zeitung einer riesigen Stadt. Hunderttausende hatten vielleicht seinen Artikel gelesen.
«Und Sie meinen wirklich, da kommt ein Professor von der Universität von Kalifornien hier in unser beschissenes Städtchen Oroville?»
«Wie ich Professor Kroeber kenne», sagte Webber, «ja.»

Webber las gerade die Vereinsnachrichten im Oroviller

Blättchen und erfuhr auf diese Art, daß die Briefmarkensammler nächsten Dienstag einen Tauschabend haben würden. Und daß die Squaredance-Gruppe ihren Abend wegen Erkrankung des Klavierspielers verschieben mußte. Die Heilsarmee bat wie immer um alte Kleider und die Kaninchenzüchter um mehr Verständnis von Seiten der Nachbarschaft ihrer Mitglieder.
Er merkte gar nicht, daß die Tür aufging. Ein hochgewachsener Mann trat ein, stellte seine Reisetasche auf den Fußboden und räusperte sich, da er offensichtlich nicht bemerkt wurde.
Webber fuhr erschrocken hoch und wollte zunächst sagen, daß die Dienststunden für ihn eigentlich vorüber seien, aber dann bemerkte er die Reisetasche.
«Ja?» fragte er unsicher. «Was ist?»
«Ich bin Professor Waterman aus Frisco. Thomas Talbot Waterman. Anthropologisches Institut der Universität von Kalifornien. Wir bekamen auf unsere Anfrage oder vielmehr auf die Anfrage Professor Kroebers dieses Telegramm hier von Ihnen.»
Der Professor holte die Brieftasche aus seinem Jackett und suchte nach dem Telegramm. «Hier ist es.»
Webber stand auf und studierte das Blatt. So also war sein Telegramm in San Francisco angekommen. Heute vormittag hatte er es aufgegeben, und zu Mittag war es schon dort gewesen. Ein Teufelsding war das, wenn man's genau nahm. Und schon war der Professor hier. Zwar nicht Professor Kroeber, den er als seinen Freund bezeichnet hatte, sondern nur der Professor Waterman. Aber Professor war schließlich Professor.
«Wo ist unser Mann?» fragte der Professor und zupfte an seinem kräftigen Oberlippenbart.

«Dort hinten. Aber der hat Zeit. Haben Sie schon eine Unterkunft für heute nacht, Professor?»
«Nein, ich bin direkt vom Bahnhof zu Ihnen gekommen, ich war sehr neugierig ...»
«Ja, wie gesagt, da hinten ist er. Das, was da hockt. Aber das sage ich Ihnen gleich, aus dem kriegen Sie nichts raus. Der redet nicht. Und rein kriegen Sie in den auch nichts, der hat, seit er hier ist, noch nichts gegessen. Ich weiß nicht, warum.»
«Ich habe hier Listen mit den Wörtern einer Indianersprache, die in der Gegend vom Mount Lassen gesprochen wurde. Das waren Yanas, wenn Sie das interessiert. Insgesamt waren es vier Unterstämme. Die nördlichen, die mittleren und südlichen Yanas und ganz unten im Süden hier die Yahis. Ich war schon vor drei Jahren mal hier, zwei, drei Wochen. Da hatten Landvermesser in den Wäldern nördlich von hier, am Deer Creek, eine Gruppe wilder Indianer gesehen. Aber wir haben sie nicht ausmachen können, damals.»
«Aha», sagte der Sheriff, «da kennen Sie also die Gegend schon. Tja, wenn Sie mit dem Gefangenen reden wollen, soll ich ihn rauslassen? Ich würde dann mittlerweile nach einem Quartier für Sie sehen.»
Waterman zog es vor, sich für die Zeit des Gesprächs mit dem Gefangenen in die Zelle sperren zu lassen. «Natürlich nur für die Zeit ihrer Abwesenheit», scherzte er. Dann holte er ein Bündel Papier aus seiner Reisetasche. Die Papiere enthielten lange Kolonnen von Yana-Wörtern, wie sie die Nord- und Zentralyana gesprochen hatten. Wenn der Mann weiter aus dem Süden war, dann konnte ihn kaum einer verstehen und auch keiner mit ihm sprechen.
Waterman schwitzte vor Aufregung, als er die Zelle betrat.

Er hatte das prickelnde Gefühl eines Jägers, der nach langer Suche sein Wild plötzlich vor Augen hat. Der arme verängstigte Mann sah ziemlich mitgenommen aus. Er mochte, wenn man sein Leben im Freien und alle Strapazen miteinrechnete, um die fünfzig sein und war von mittlerer Größe. Die Beine waren gerade und trotz der Abmagerung kräftig, in seinem breiten, nicht unschönen Gesicht fiel auf, daß die Augen weit auseinanderstanden. Nur der Hautton war eine Spur bleicher als bei anderen Indianerstämmen. Waterman versuchte es zunächst mit einem Lächeln und mit einer leichten Verbeugung. Das konnte der Arme da vor ihm nicht mißverstehen.
Aber nichts in den Zügen seines Gegenüber entspannte sich. Die Augen maßen ihn weiterhin prüfend.
Waterman zeigte seine Handflächen und versuchte durch Gesten zu erklären, daß er nichts Böses vorhatte. Er wies die flachen Innentaschen seiner Jacke vor, die nicht ausgebeulten Hosentaschen. Der Indianer mußte verstehen, daß er, Waterman, keine Waffe bei sich trug. Er setzte sich schließlich auf die Pritsche und brachte den Indianer dazu, daß er sich in einiger Entfernung von ihm auf die Pritsche setzte. Dann begann er aus seinen Listen Wörter abzulesen. Die Wörter hatten Kroeber und er von zwei alten Yanas gesammelt, die offensichtlich über einen großen Wortschatz verfügten. Der Mann hieß Batwi und ließ sich jetzt Sam rufen. Die Frau hatte auf den schönen Namen Chidaimiya gehört und hieß nun, nachdem sie ein eifriger Missionar getauft hatte, Betty Brown, wie sicherlich tausend andere auch.
Waterman konnte jedoch vorlesen, was er wollte, sein Gegenüber reagierte nicht, obwohl er anscheinend sehr konzentriert zuhörte.

Waterman wurde es warm, er zog die Jacke aus. Nun war es ja denkbar, daß er die Worte vollkommen falsch aussprach, zu sehr amerikanisch. Er ging deshalb langsamer vor und bot jeweils verschiedene Interpretationen an. Der Indianer hing zwar an seinen Lippen, er sprach sogar das eine oder andere Wort etwas verständnislos nach, ein Erkennen war jedoch nicht zu bemerken.
Webber kam zurück und meldete, daß er ein Zimmer für den Professor im «California» reserviert habe, das beste Haus am Platz.
Und dann wollte er wissen, ob der Professor schon irgend etwas herausgefunden habe oder sogar schon sagen könne, was für eine Art Indianer der Kerl da sei.
Waterman holte eine gezeichnete Landkarte hervor.
Webber stutzte, als er die Landkarte sah, er erkannte zwar die Umrisse Kaliforniens, aber es war weder der Sacramento noch San Francisco darauf zu finden, von Oroville ganz zu schweigen, krause Linien, die er noch nie gesehen hatte, teilten den Staat Kalifornien auf.
Waterman zeigte nun auf einen verhältnismäßig kleinen Fleck auf der Landkarte und erklärte: «Das hier ist nördlich von Oroville, das sogenannte Yanaland. Yanaland grenzt an die Gebiete von drei anderen Stämmen. Sehen Sie. Im Nordosten haben wir die Shastan, im Südosten die Maidu und im Westen und Nordwesten die Wintu.»
«Aha», sagte Webber und schwitzte.
«Und hier», Waterman holte eine andere Karte hervor, die allein Yanaland zeigte, «hier können Sie sehen, wie sich Yanaland aufteilt. Ganz oben im Norden, die kleinste Fläche für die Nordyana, dann etwa zwei gleich große Territorien für die Mittel- und Südyana und das größte Gebiet für die Yahi.»

«Ja», sagte Webber, «das ist wohl die reine Wissenschaft. Ich begreife das schon, aber was soll's, wenn das ganze Gebiet jetzt frei von Indianern ist?»
«Wir wissen sehr wenig von den Yahi, und wir hoffen durch ihn hier einige Aufschlüsse zu finden. Wer weiß, vielleicht ist er der Letzte.»
Webber begriff das nicht ganz. Da kam ein Professor aus Frisco und interessierte sich für eine Rothaut, mit der er nicht mal sprechen konnte. Vor zehn, fünfzehn Jahren oder noch besser vor dreißig Jahren hätte er genügend solcher Kerle finden können. Waren denn die Indianer so wichtig?
Waterman wandte sich wieder dem Indianer zu. Dieser schien zu ermüden. Es war vorstellbar, daß er in letzter Zeit kaum mit jemandem gesprochen hatte. Diese Isolation mußte den Menschen verändern.
Waterman nahm sich vor, ihn nicht mehr lange zu strapazieren.
«Nur zwei Seiten noch», sagte er zu dem Indianer und lächelte. Er hob Daumen und Zeigefinger der Rechten hoch. «Nur noch zwei Seiten.»
Auf der vorletzten Seite fand sich kein Wort, das eine Reaktion ausgelöst hätte. Und auch die erste Hälfte der letzten Seite für heute war Suche im tauben Gestein. Waterman kam zu dem Wort ‹siwini›. Er sprach das Wort aus und klopfte dabei auf das Holzgestell der Pritsche. Ehe er das Wort wiederholen konnte, sprang der Indianer mit leuchtenden Augen auf und rief «siwini», und auch er klopfte auf das Holz der Pritsche. Was nun folgte, war beinahe ein Freudentanz.
«Siwini, siwini», rief der Indianer und klopfte immer wieder auf das Pritschenholz.

Webber war an seinem Tisch hochgefahren und sah den beiden zu. Wenn die nicht verrückt waren, dann wußte er nicht.
«Siwini, siwini», rief der Professor und klopfte dabei rhythmisch auf das Holz. Und der Wilde rief es ebenfalls und tanzte vor Freude, schließlich trommelten beide mit den Fäusten auf die Pritsche und schrien aus vollem Hals: «Siwini, siwini, siwini!»
Webber ging ans Gitter und schaute sich das aus der Nähe an. Na, wenn das keine Bestätigung dafür war, daß in diesem Land nichts unmöglich war.
«Wir haben ein Wort gefunden!» rief der Professor J.B. Webber zu. «Wir verstehen einander. Ist das nicht wunderbar?»
Das mußte ein ungeheuer wichtiges Wort sein, dachte Webber. Wahrscheinlich so 'ne Art Schlüsselwort, mit dem man dann die ganze Sprache verstand.
«Das Wort heißt si – wi – ni», schrie Waterman.
«Ich verstehe», sagte Webber. Was bedeutet es?»
«Na, wir klopfen doch die ganze Zeit drauf. Gelbfichte, Mann! Gelbfichte heißt das Wort, wissen Sie nicht, daß die Pritsche hier aus Gelbfichtenholz ist?»
Und das war nun Wissenschaft! Webber hatte ja immer geahnt, daß hinter dem ganzen Wissenschaftskram irgendein Trick steckte. Aber daß es ein so fauler Trick sein würde, das hatte er nicht mal zu denken gewagt.
Die zwei, dieses ungleiche Paar, hatten sich inzwischen wieder beruhigt, und Webber kehrte zu seinem Tisch zurück.
Eine lange Zeit sah der Indianer den Professor an, dann fragte er: «I ne ma Yahi?» – Bist du ein Yahi?
Waterman sah den Yahi fest an, er begriff, daß der Mann

das nicht wortwörtlich meinte. Es sollte eher heißen, bist du wie ich oder noch besser, bist du ein Freund?
«Ja», sagte er schließlich und legte seine rechte Hand auf die Rechte des Indianers. «Ich bin ein Yahi.»
Da wich die Furcht aus dem Gesicht des Gefangenen, das Gehetzte in seiner Haltung schwand. Waterman merkte, daß der Indianer sehr wohl wußte, daß er ein Weißer war, aber er erkannte auch, daß hier ein Weißer war, zu dem er Vertrauen haben konnte. Der Mann im feinen Anzug war nicht als Feind gekommen, sondern als Freund. Plötzlich begriff er auch andere Yanawörter, es war, als hätte das eine Wort seine totale Verkrampfung gelöst.
Siwini.
Waterman rief den Sheriff und sagte: «Ich glaube, er wäre jetzt soweit, daß er etwas essen könnte. Aber bringen Sie ihm etwas, was er mit der Hand essen kann, dieser Mann hier kennt weder Löffel noch Gabel. Auch mit unseren Messern dürfte er einstweilen wenig anfangen können, denke ich. Der Mann hier ist ein Steinzeitmensch, wir dürfen ihn nicht überfallen.»
Nach einer Weile kehrte der Sheriff mit Hackbratenbällchen zurück und fragte, ob das das Richtige sei.
«Sie dürfen nur nicht zu fett sein. Wir müssen seinen Magen erst langsam an unser Essen gewöhnen.»
Waterman nahm den Teller in Empfang und bot ihn dem Indianer an. Und zum Zeichen, daß er das getrost essen könnte, nahm er selber ein Fleischbällchen in die Hand und aß es.
Jetzt griff auch der andere zu. Und seltsamerweise schlang er nichts hinunter, sondern aß sehr gesittet, drei Fleischbällchen. Immer, nachdem der Professor eines gegessen hatte.

Der Sheriff stand mit offenem Mund daneben. Ihm kreiste im Kopf herum, was er gehört hatte, und er wußte nicht, wie er Mary das alles klarmachen sollte, die Wissenschaft von der Gelbfichte, die Steinzeit, die Wichtigkeit der Indianer einerseits und ihrer, Marys, schmackhaften Fleischbällchen andererseits.

Professor Waterman saß beim Frühstück im Hotel, als ein junger Mann auf ihn zutrat und sich als Sherman, Redakteur des Lokalblattes, vorstellte. Nicht ohne Stolz fügte er hinzu: «Ich nehme an, Sie haben meinen Artikel im ‹San Francisco Call› gelesen.»
«Sie sind das!» rief Waterman. «Ich glaube, Sie haben uns einen großen Dienst erwiesen. Nehmen Sie Platz.»
Der Zeitungsmann errötete, setzte sich und fragte: «Haben Sie schon etwas rausbekommen, Professor?»
«Ich nehme an, daß es sich bei diesem wilden Indianer um einen Yahi handelt. Die Yahi gehören zu den Yana, und die Yana sind Hügelindianer, sie leben in den Bergen. Sie sind im Gegensatz zu den Maidu, die ja im Tal leben und die recht friedlich sind, wehrhafter. Die Maidu haben sich vor den Yana immer ein bißchen gefürchtet, weil die durch ihre exponierte Lage allein schon etwas härter und durchtrainierter waren. Auch ihre Instinkte sind noch nicht so eingeschlafen.»
Der Professor erklärte dem Journalisten anhand der Karte mit dem Yanagebiet, wie sich die Territorien ungefähr aufgeteilt hatten.
«Und wie groß war der Stamm, ich meine Yana und Yahi zusammen?»
«Der war nie sehr groß. Man darf die Völkerschaften der

Indianer und ihren Lebensbereich nie mit unseren westlichen Nationen und ihren Staaten vergleichen. Das wäre vollkommen verkehrt. Dazu sind auch die Sprachen viel zu differenziert. Aber um zu Ihrer Frage zurückzukommen: Mehr als zwei-, dreitausend Yana wird es nie gleichzeitig gegeben haben. Bevor die Weißen hier einbrachen, in den Jahren des Goldrausches, wird es innerhalb der Grenzen Kaliforniens nie mehr als hundertfünfzigtausend, höchstens eine Viertelmillion Indianer gegeben haben. Als Vergleich, etwa zehn Jahre nach dem Goldrausch, um 1860, waren schon dreihundertneunzigtausend Weiße im Land.»
«Diese hundert- oder zweihundertfünfzigtausend eingeborenen Indianer, wie setzten die sich zusammen?»
«Ganz genau werden wir dies nie mehr sagen können, weil zuerst die Spanier, aber in einem viel höheren Maß die Angelsachsen ganze Völkerstämme ausgelöscht haben, ohne deren Stammesnamen zu verzeichnen.»
«Sie machen eine Unterscheidung zwischen Spaniern und Angelsachsen, Professor?»
«Ja, die Spanier kamen nie in diesen Massen ins Land, außerdem wurde ihre Besitzgier mehr oder weniger durch die Obrigkeit, auch durch die kirchliche, gesteuert. Die Invasion der weißen Angelsachsen aber, die vor fünfzig, sechzig Jahren über das Land hereinbrach, war unkontrolliert, ohne staatliche oder religiöse Aufsicht, außerdem neigen die Angelsachsen mehr zum Rassismus als die Spanier. Spanier haben sich oft mit Eingeborenen vermischt. Ein Angelsachse aber, der sich eine Indianerin zur Frau nahm, wurde geächtet.»
«Zurück zu den Ureinwohnern, was wissen Sie noch über sie, Professor Waterman?»
«Man kann sagen, daß diese ein- oder höchstens zweihun-

dertfünfzigtausend Eingeborenen aus einundzwanzig Nationen oder Nationalitäten bestanden. Und diese waren wiederum unterteilt in Unternationalitäten und diese wiederum in verschiedene Stämme und Stämmchen, Sie haben richtig gehört, Stämmchen.»

Der Redakteur rückte seinen Sessel etwas näher zum Professor und machte sich eifrig Notizen. «Haben Sie eine Ahnung, wie viele verschiedene Gruppen das nun wirklich waren?» Waterman lächelte über den Eifer des jungen Zeitungsschreibers. «Professor Kroeber und ich, aber auch andere Wissenschaftler, kommen auf eine Gesamtzahl von ungefähr zweihundertfünfzig Völkern. Ganz genau wird es sich nie sagen lassen. Viele dieser Untergruppen waren natürlicherweise zahlenmäßig sehr klein und beanspruchten auch nur wenig Raum. Aber es waren trotzdem echte Völker mit einer eigenständigen Art und in ihrer Unabhängigkeit. Sie sehen es auch an den Yana, die sich in vier Untergruppen unterteilten, jede mit ihren eigenen geographischen Grenzen, eigenem Dialekt, eigenen Bräuchen und Gepflogenheiten. Bei den Yana kommt übrigens noch eines dazu, etwas äußerst Interessantes, das es auf der ganzen Welt, soweit uns das bis heute bekannt ist, höchstens noch ein- oder zweimal gibt.»

«Einen Moment, Professor, ich muß mir nur schnell meinen Bleistift spitzen.» Der Redakteur holte sein Taschenmesser aus der Hosentasche und spitzte seinen Bleistift fein säuberlich in einen Aschenbecher, den ihm Waterman zugeschoben hatte.

«Und was ist nun das Interessante?»

«Frauen und Männer haben eine verschiedene Sprache.»

«Ja, aber wie verständigen sie sich dann untereinander?»

«Das klappt, weil jeder die Sprache des anderen versteht.

Bei den Männern ergibt sich das sowieso von selbst, die lernen zunächst die Frauensprache, ungefähr die ersten neun oder zehn Jahre. In der Vorpubertät ziehen die Jungen ins Männerhaus, das war, immer auf der Stufe ihrer Kultur betrachtet, so ein Mittelding zwischen Klub und religiösem Zentrum. Hier lernten die Jungen die Männersprache. Sie wurden ab diesem Alter von Älteren, war es nun der Vater, der Onkel oder ein älterer Bruder, auf ihren Erkundungsgängen oder Jagdstreifzügen mitgenommen. Sie wurden so trainiert, daß sie jeden Tag eine größere Strecke zu bewältigen hatten. Und alles, was die Jungen zu sehen bekamen, wurde nun nicht mehr in der Frauen-, sondern in der Männersprache bezeichnet.»

«Und worin liegt nun der Unterschied zwischen männlicher und weiblicher Sprache, Professor Waterman?»

«Die männliche Form ist etwas länger, man könnte auch sagen schwieriger als die weibliche. Ein besonderes Charakteristikum der Männersprache ist die Hinzufügung einer eigenen Schlußsilbe zu der Grundform. Wir schließen daraus, daß die weibliche Sprache, die einfacher ist, auch kindlicher ist, um nicht zu sagen, infantil.» Waterman redete sich warm. «So ist die männliche Form des Wortes Person ‹yana›, wobei die erste Silbe scharf betont wird. Im Frauendialekt hingegen wird das nur ein ‹yah›, eine einzige Silbe, aber das h am Schluß ist nicht stumm, es ist ein stimmhaftes h, es wird gewissermaßen gehaucht. Nehmen wir das Wort für den Grizzlibären. In der männlichen Form ist es ein zweisilbiges Wort ‚t'en'na›. Die Silben werden getrennt durch einen festen Stimmeinsatz, einen Knacklaut. Weiblich heißt der Grizzlibär ‹t'et›. Oder, ein einfacher Satz: ‹Schau mich an› heißt männlich ‹diwai-dja› und weiblich ‹diwai-tch›, Außer den Endungen sind teilweise auch ganze Wortstämme in den beiden Dialekten verschieden. ‹Ein Mann geht› heißt ‹ni›; ‹eine Frau geht› heißt ‹a›, ‹Ein Mann tanzt› heißt ‹buribu›. ‹Eine Frau tanzt› heißt ‹djari-dja›.»

Hier erst merkte Waterman, daß andere Gäste begannen, auf ihn aufmerksam zu werden. Eine ältere Dame am rechten Nebentisch hob ihr Lorgnon und glotzte ihn unverschämt an.

«Ich glaube, es ist besser, wenn wir gehen», schlug er vor. «Ich muß auch zu meinem Wilden, ich bin überzeugt, er wartet auf mich.»

«Ich begleite Sie, wenn ich darf, Professor.»

«Interessiert Sie das alles wirklich, junger Mann?»

«Es ist mein Beruf, neugierig zu sein, Professor.»

Im Gehen dozierte Waterman weiter. «Einen Unterschied, müssen Sie wissen, gab es noch in der Aussprache. Männer sprachen untereinander betont und volltönend, wenn sie aber mit Frauen sprachen, benutzten sie eine gewissermaßen gestutzte oder gebremste Aussprache, könnte man sagen. Eine weniger sorgfältige. Das war aber eine besondere Form der Höflichkeit, ein Entgegenkommen zum Dialekt der Frauen hin. Wir nehmen an, daß die verschiedenen Sprachen auch für die Aufrechterhaltung moralischer Grundwerte eine große Rolle spielten. Bemerkenswert ist in diesem Zusammenhang auch, daß sich Bruder und Schwester in der zweiten Person Mehrzahl ansprachen. Dies läßt den Schluß zu, daß man eine instinktive Furcht vor zu enger Bindung zwischen Bruder und Schwester hatte. Es ist eine unserer Überheblichkeiten, daß wir diese Leute unkultiviert nennen. In Wahrheit sind wir es. Nehmen Sie nur das Kauderwelsch, das hier landauf, landab von zugewanderten Weißen gesprochen wird. Die

Yana hingegen hatten ein sehr ausgeprägtes Gefühl dafür, daß sie sich in einer ganz bestimmten Lage so und nicht anders zu verhalten hatten, daß sie in einer ganz bestimmten Situation so und nicht anders sprechen durften. Schlampigkeit in der Sprache, immer ein Zeichen kulturellen Niedergangs, wie auch Schlampigkeit im Verhalten anderen gegenüber war bei den Yana undenkbar.»
Sie waren vor dem Office des Sheriffs angelangt. Waterman maß sein Gegenüber von oben bis unten und sagte: «Sie hören aufmerksam zu, ich wollte, meine Studenten in Frisco wären immer so aufmerksam. Vielleicht sehen wir uns nochmal.»
Der arme Redakteur wollte zuviel auf einmal sagen, daß er gerne studiert hätte, daß sie daheim zu viele Kinder waren und daß das Geld nicht gereicht hatte. Gerne würde er mal nach Frisco zum Professor kommen. Er wollte überhaupt dorthin gehen, der größeren Zeitungen wegen. Aber er verneigte sich nur stumm und stammelte einen Dank, zumal der Sheriff vor die Tür trat.
«Hallo, Sheriff!» rief Waterman. «Was macht unser Freund?»
«Guten Morgen, Professor. Unser Freund steht vorne am Gitter und scheint auf Sie zu warten. Wie lange wollen Sie den armen Kerl nun noch interviewen, und was haben Sie überhaupt mit ihm vor? Wollen Sie wieder wegfahren und mir die Rothaut dalassen?»
«Das wird alles heute geregelt.» Waterman holte die Liste mit den Yanawörtern aus der Tasche, um sich mit dem Wilden zu unterhalten.
Die Augen des Indianers begannen zu leuchten, als Waterman sich ihm näherte.
Der Sheriff fragte: «Soll ich ihm ein Frühstück bringen?»

«Ja, tun Sie das.»
«Und was schlagen Sie vor, Sir?»
«Bringen Sie ihm am besten einen Haferflockenbrei, vorsichtshalber Milch mit Wasser verdünnt und nur eine Spur Zucker dazu. Ich nehme an, daß unsere Yana außer wilden Beeren oder wilden Honig nie etwas Süßes gegessen haben.»
Der Professor hatte vor, an diesem Morgen mit dem Indianer Worte über die Jagd durchzunehmen. Er hatte dafür ein reichliches Vokabular und hoffte, ein einigermaßen befriedigendes Gespräch führen zu können.
Die einfachen Worte Bogen, Pfeil, anschleichen, verfolgen, treffen, das klappte wunderbar, wenn auch der Häftling die Aussprache des Professors öfters verbesserte. Das kränkte jedoch Waterman nicht, im Gegenteil, er war darüber begeistert. Ein herrlicher Bursche, dieser Mann, er konnte seiner Arbeit und der Professor Kroebers wirklich weiterhelfen. Zumal er immer gesprächiger wurde.
Der Indianer erzählte jetzt die Geschichte einer Jagd. Er erzählte dem Professor, daß er ein junges Reh geschossen hatte und auf dem Rücken trug. Er war glücklich, nach langen Tagen endlich wieder etwas getroffen zu haben. Als er dann auf dem Heimweg mit dem Rehkitz auf dem Rücken einen Fluß überquerte und von einem Stein zum anderen sprang, sah er plötzlich noch einen großen Lachs auf sich zukommen. Da er auch – wie immer – seine zweizinkige Stechgabel bei sich hatte, sein Jagdgerät für Fische, blieb er auf einem buckligen Stein stehen und stach nach dem Lachs, als dieser nahe genug war. Durch diese Bewegung verlor er aber das Gleichgewicht, plumpste in das reißende Wasser, konnte sich aber samt Reh und Lachs retten, was ihn natürlich sehr freute, weil seine Leute

daheim auf ihn und die Jagdbeute warteten. Der Indianer fragte ein paarmal, ob der Professor ihn verstanden habe, und Waterman nickte eifrig, obwohl er ihn vollkommen mißverstanden hatte. Dann versuchte Waterman dem Indianer zu erklären, daß er einiges erledigen müsse. Und daß er wiederkäme. Er rannte zur Telegrafenstation und schickte ein Telegramm nach Frisco, daß der Aufgefundene sehr wertvolle Hinweise geben könne und daß man alles unternehmen müsse, um ihn nach San Francisco zu bekommen, außerdem wäre es gut, wenn Batwi käme, der sich mit ihm zweifellos besser unterhalten könne.

Dann ging's wieder zurück zum Gefängnis, wo die Unterhaltung mit dem roten Mann so interessant war, daß sie beide das Mittagessen vergaßen. Am späten Nachmittag, der Indianer war wieder müde geworden, schrieb der Professor auf dem Tisch des Sheriffs einen Brief an Professor Kroeber, in dem er unter anderem Folgendes erwähnte: «Dieser Mann ist zweifellos wild. Er trägt in den Ohrläppchen Stücke von Hirschschnur als Schmuck und ein Holzstöckchen im Nasensteg. Er erkennt die meisten meiner Yana-Worte. Meine Aussprache ist vermutlich sehr schlecht, denn manchmal versteht er nicht und deutet auf seine Ohren und bittet um Wiederholung. ‹Nein› ‹k'u'i› ist so ein Wort. ‹Ja› – ‹ähä› gefällt ihm ungemein. Phonetisch hat er ein paar der hübschesten, knackigsten Konsonanten, die ich je hörte. Er wird ein ausgezeichneter Informant werden, denn er spricht sehr klar. Ich habe noch nicht sehr viel aus ihm herausbekommen, aber soviel ich verstand, hat er mir etwas von seiner Frau erzählt, die ein Baby auf dem Rücken trug und ertrunken ist. Nur begreife ich nicht, warum er darüber so froh ist . . .» (Die falsch verstandene Geschichte mit dem jungen Reh.)

Watermans Brief ging weiter: «Heute morgen haben wir uns viel über Wildjagd unterhalten und darüber, wie man Eichelsuppe macht. Wenn ich mich nicht irre, steckt der Mann voller Religion. Bad bei Sonnenaufgang, Ausstreuen von Tabak, wo der Blitz eingeschlagen hat usw. Gestern abend haben wir ihm einige Pfeile gezeigt, er konnte sich kaum losreißen. Er zeigte uns, wie er die Spitze härtet, die Spitzen der Federn absengt.»
Am nächsten Tag erschien der alte Batwi in Oroville. Er ließ zunächst Webber spüren, für wie wichtig er sich im Augenblick hielt, dann Waterman und zum Schluß den Indianer. Er, Batwi, trug einen schlechtsitzenden, abgetragenen westlichen Anzug, ein blauweiß gestreiftes Hemd mit etwas zerschlissenem gestärktem Kragen und einen unmöglichen Schlips dazu. Er versuchte, seinem roten Bruder klarzumachen, welch weiter, weiter Weg es sein würde, bis er selbst nur annähernd so zivilisiert sein würde wie er. Dem Indianer in der Zelle schien die Kleidung von Batwi jedoch nicht zu interessieren. Nur seine Worte waren für ihn interessant, von denen er eine Menge verstand. Außerdem wirkte er in seiner viel zu großen Fleischerschürze sehr viel würdevoller als Batwi.

Während «der wilde Mann» sich mit Batwi unterhielt, rannte Waterman zwischen Telegrafenstation und der Dienststelle des Sheriffs hin und her. Kroeber in San Francisco rührte sich nicht. Waterman entschloß sich, mit ihm zu telefonieren. Das Gespräch kam zwar zustande, doch knackste es andauernd in der Leitung. Immerhin verstand Waterman so viel, daß man auf telegrafische Antwort vom

Bureau of Indian Affairs in Washington warte, ob der Gefangene . . .
Hier wurden die Nebengeräusche wieder einmal so stark, daß Waterman am liebsten eingehängt hätte, aber er schrie in die Leitung: «Hallo, Kroeber, hören Sie mich!»
Endlich kam die Stimme Kroebers wieder. «Ich telegrafiere, sobald ich Antwort habe», sagte er.
«Und was machen wir mit unserem Mann?»
«Wir wollen ihn irgendwie ins Museum bringen, aber ich brauche dazu eine Genehmigung aus Washington. Ich schicke, sobald ich sie habe, ein Telegramm.»
Waterman hängte ein und ging zum Büro des Sheriffs zurück. Es war doch seltsam und geradezu verrückt. Wenn man einem Indianer kein Haar krümmen wollte, dann mußten der Amtsweg eingehalten und Genehmigungen eingeholt werden. Als ganze Stämme ausgerottet wurden, hatte man beide Augen zugedrückt und die grauenvollen Taten einfach nicht zur Kenntnis genommen. Man hatte Deportationen in Reservate verfügt, die legalem Mord gleichkamen, weil sie zur unrechten Zeit zum ungeeignetsten Ort führten. Ein großer Teil der Deportierten und zwangsweise Vertriebenen starb auf dem kräfteraubenden Marsch. In der Mehrzahl Kinder und Alte. Die Kranken wurden am Straßenrand liegengelassen, die anderen wie Vieh weitergetrieben. Die Starken, die endlich im zugewiesenen Reservat ankamen, verhungerten schließlich dort, wenn sie nicht vorher flohen . . .
Waterman war nicht ungläubig genug, um zu meinen, daß alles Unrecht, aller Schmerz, den man den Indianern zugefügt hatte, ungesühnt bleiben würde. Die Strafe würde kommen. Zu einer Zeit, zu der man sie am wenigsten erwartete . . .

«Die Weißen müssen die Indianer ablösen, weil die Weißen das Land so nutzen, wie es den Absichten des Schöpfers entspricht», hatte Senator Thomas Hart Benton einst großmäulig vor dem Kongreß gesagt. Und was waren nach der Meinung der Weißen die Absichten des Schöpfers? Etwa die hemmungslose Ausbeutung des Landes zu dem einzigen Zweck, aus allem und jedem Geld zu machen? Die Ausrottung der Wildbestände, das Abholzen der Wälder? Systematisch hatte man den Eingeborenen die Grundlagen für ihre Existenz genommen. Riesige Rinderherden und Schafherden fraßen den Indianern ihr Wildgemüse weg, den Klee, den sie so mochten, wildwachsenden Lauch und verschiedene Zwiebelarten. Massenhaft frei umherlaufende Schweine taten sich an den Eicheln gütlich, dem Hauptnahrungsmittel der Yana. Die Weißen waren es, die die fischreichen Flüsse in Besitz nahmen oder verschmutzten. Durch hydraulischen Bergbau wurden Tausende Kubikmeter Schlamm und Dreck in den Sacramento gepumpt, und hier begann der Weiße bereits, nicht nur den Roten, sondern auch seinesgleichen zu schaden. Durch die Verunreinigung des Sacramento River wurden Hunderte Hektar Farmland unfruchtbar gemacht. Die Lachse, vom Meer kommend, gingen in den schmutzigen Fluten zugrunde und erreichten nicht mehr die noch klaren Nebenflüsse und Bergbäche im Indianerland.
Was entsprach da den Absichten des Schöpfers? Vor allem, wer entsprach ihnen mehr? Die Weißen, die wertvolles Land zerpflügten, um Straßen und wiederum Straßen zu bauen, die sich sinnlos vermehrten, ohne die Gesetze der Natur zu beobachten, die saftiges Weideland von ihren zu großen Herden niedertrampeln und zerstören ließen. Oder die Indianer, die ihre Zahl bewußt immer klein gehalten

hatten, die die Natur schonten und Vorräte immer nur für einen Winter anlegten?
Wenn die Weißen die Absichten Gottes weiter so auslegten, war das Ende ihrer Tage vorhersehbar. Vernunft war vonnöten, aber woher sollte die Vernunft kommen, wenn der Sinn aller nur nach Geld stand?
«Na, Professor?»
Waterman zuckte zusammen. Er wäre in Gedanken fast am Büro des Sheriffs vorbeigerannt.
«Irgendeine Nachricht?» fragte Webber.
«Nur, daß man auf Nachricht wartet und daß ich diese Nachricht bekommen werde.»
«Ich würde Ihnen den Indianer gern übergeben», meinte Webber, «aber ich brauche Unterlagen, anders geht es nun mal nicht.»
«Ich mache Ihnen keinen Vorwurf, Sheriff. Was tun unsere zwei?»
«Die reden ihr Kauderwelsch miteinander. Kein einziges Wort versteh ich davon. Manchmal denk ich, die verstehen sich selber nicht. Aber dann finden sie wieder einen Brokken und quasseln weiter.»
Waterman setzte sich zu den zweien in die Zelle und bedeutete ihnen, daß sie nur weitermachen sollten. Er hatte einen Notizblock in der Hand und machte sich fortwährend Notizen. Er merkte eines: Der neue Mann war wesentlich intelligenter als der armselig geschniegelte Batwi.
Er nickte ihm zu, und der andere nahm seinen Blick auf und erwiderte ihn. Wenn alles klappt, dachte Waterman, kommst du mit nach Frisco. Die Augen werden dir übergehen. Nicht in deinen kühnsten Träumen hast du dir vorstellen können, was du sehen wirst. In deinen Träumen nicht . . .

Da zuckte Waterman zusammen. Der wilde Mann konnte doch unmöglich in dieser Schlachterschürze mit ihm nach San Francisco fahren. Er sprang auf und lief zu Webber.
«Ist was?» fragte der schläfrig. Es war ein heißer Tag.
«Ich muß ihm einiges zum Anziehen kaufen.»
Webber schüttelte den Kopf. «Ich hab schon ein paar Sachen für ihn. Getragen, aber sauber. Eine Witwe hat sie mir gebracht, von ihrem verstorbenen Mann. Ich schätze, sie müßten ihm passen. Sie wollte ein gutes Werk tun, sie hat sein Bild in der Zeitung gesehen. Sie meinte, ihr Mann habe die gleiche Statur gehabt.»
Am nächsten Tag, es war der 4. September und ein Feiertag, der Labour Day, probierte der Indianer zum erstenmal in seinem Leben die Kleider der Weißen. Sein Gesichtsausdruck verriet, daß er sich darin nicht wohl fühlte. Die Schuhe zog er sofort wieder aus. Immer wieder hob er die Arme und ließ sie fallen, offensichtlich in der Hoffnung, daß Hemd und Jacke ihn dann weniger stören würden.

Teil 2

DAS FEUER IM SCHÄCHTELCHEN

Endlich kam das Telegramm. Das Bureau of Indian Affairs in Washington hatte entschieden, daß der Aufgefundene zunächst nach San Francisco gebracht werden durfte.
Webber saß an seinem Schreibtisch und mühte sich ab, etwas Ähnliches wie einen Entlassungsschein auszustellen. Drei-, viermal hatte er schon ein Blatt zerknüllt und fluchend in den Papierkorb geworfen. Jetzt brütete er erneut über einem leeren weißen Blatt.
Waterman wurde allmählich ungeduldig und schlug ihm eine Formulierung vor:
Der sich in Begleitung des Professors Waterman befindliche und bei Oroville aufgefundene namenlose Indianer ist laut Verfügung des Bureau of Indian Affairs in Washington DC dem University Museum of Anthropology in San Francisco zugeteilt.
Oroville, den 4. September 1911 J.B. Webber
Sheriff

«Ich glaube, das reicht», sagte Webber, als er dem Professor die Urkunde übergab. «Damit kommen Sie unbehelligt mit Ihrem Indianer nach Frisco.»
Aber das war nicht alles. Webber ließ es sich nicht nehmen, Waterman, Batwi und den Indianer zum Bahnhof zu begleiten. Der Wilde war in der kurzen Zeit seiner Gefangenschaft eine lokale Berühmtheit geworden. Jetzt standen die Leute in den Haustoren, weniger Aufdringliche schoben ihre Vorhänge hinter geschlossenen Fenstern zur Seite, Kinder liefen hinter ihnen her.

Der Bahnsteig, fand Webber, war auch im Gegensatz zu sonst sehr belebt. Es waren auffallend viele Männer da. Führten die irgend etwas im Schild? Webber klopfte wieder auf seine Pistolentasche. Es war immer gut, wenn man sich überzeugt hatte, daß sie nicht leer war.
Waterman beobachtete inzwischen seinen neuen Freund. Sicherlich war der voll Furcht.
Der Indianer stand da, mit nackten Füßen, in einem Konfektionsanzug aus zweiter Hand und beobachtete alles aus seinen weit auseinanderstehenden Augen.
Er muß ein großes Gesichtsfeld haben, dachte Waterman bei sich.
Der Indianer sah die glänzenden eisernen Spuren, die sich in der Ferne verloren, und er brachte sie sofort mit dem riesigen Dämon in Zusammenhang, von dem ihm seine Mutter schon in seinen Kindertagen erzählt hatte.
Dieser Dämon folgte dem weißen Mann überallhin, wohin er auch seine Schritte lenkte. Er folgte ihm auch ins Indianerland, aber die Indianer brauchten sich nicht vor ihm zu fürchten, hatte seine Mutter immer wieder gesagt. Er hatte seinen Pfad und konnte nicht von ihm abweichen. Nie hatte ein solcher Dämon einen Indianer verfolgt, obwohl in seinem Kopf ein Weißer saß, der ihn offenbar lenkte, aber vielleicht war er auch nur ein Gefangener des Dämons.
Der rote Mann holte tief Luft.
Jetzt hörte er aus der Ferne ein erstes Geräusch. So wie er es täglich zweimal in seinem Land oben am Mill Creek und Deer Creek gehört hatte, und manchmal hatte er auf seinen Streifzügen den riesigen Wurm unter sich herkriechen sehen, keuchend, hustend, schnaufend.
Und dann kam das Ungetüm heran, es vergrößerte sich

schnell, bald waren zwei riesige Augen zu erkennen und die schwere schwarze Wolke darüber. Er mußte seine Angst niederkämpfen, um nicht wegzulaufen, er umkrampfte einen Zipfel seiner Jacke und rückte näher zu Waterman hin, da schoß auch schon das Monstrum mit unvorstellbarem Lärm an ihm vorbei, sein Gluthauch traf ihn, versengte ihn aber nicht. Und nun sah er die vielen Häuser, aus denen der Dämon sonst noch bestand, und die allesamt größer waren als das größte Haus der Yahi, das er je gesehen hatte. Sie flitzten an ihm vorbei, bis der Zug hielt.

Als er nach dem Professor und vor Batwi den Waggon betrat, schrak er erneut zurück, wegen der vielen Leute, die da schon saßen. Und später, der Zug hatte sich wiederum in Bewegung gesetzt, hielt es ihn nicht auf seinem Fensterplatz, den ihm Waterman großzügig überlassen hatte, die Landschaft streifte zu schnell vorüber.

Batwi, der angepaßte Indianer, spielte inzwischen den Part des Mannes von Welt, der sich hier auskannte, der wußte, wozu alles da war. Er hatte dem Professor die Reisetasche ins Gepäcknetz gehoben und saß nun auf seiner Bank mit übereinandergeschlagenen Beinen. Später stopfte er sich eine Pfeife und wußte sogar, in welches Kästchen das abgebrannte Feuerholz gehörte.

Der Neue, wie ihn Waterman bei sich nannte, ließ sich eine Zündholzschachtel zeigen. Die war nun gewiß nichts Großartiges, aber für ihn war sie ein Wunder. Als Waterman ihm zeigte, wie man Feuer macht, wie er das Streichholz halten und gegen die Reibefläche zu reiben hatte, wagte er nicht, es auch zu versuchen.

Es war für ihn unvorstellbar, wenn man es genau bedachte. Für ihn, den Wilden, war die Arbeit des Feuermachens

noch immer eine eher langwierige Prozedur gewesen, er mußte die richtigen Holzarten dafür suchen und finden und brauchte Schutz vor Regen und allzu starkem Wind. Und dann mußte er seine Energie und seine Geschicklichkeit einsetzen. Und hier rieb man mit einem winzigen Holz eine winzige Fläche entlang und hatte Feuer.
Als der Zug auf offener Strecke hielt, sichtlich, um einen Gegenzug abzuwarten, stand Batwi auf und ließ ein Fenster herunter. Auch darüber erschrak der Neue. Er dachte, das Fenster sei verloren und könne nie mehr wieder auf seinen alten Platz zurückgebracht werden. Er atmete erleichtert auf, als Batwi das Fenster wieder hochzog und schloß.
Später wurde es dunkel und Waterman zeigte ihm in einer Kurve den Feuerschein über der Lokomotive. Funkenschwärme stoben hoch und flogen an ihrem Fenster vorbei. Der Indianer war voll Furcht und begriff nichts. War Feuer die Nahrung des Dämons? Wie sollte sich jemand hier zurechtfinden, der nie über die engen Grenzen des Yahilandes hinausgekommen war, begreifen, wozu das Feuer bei einer Dampflokomotive diente? Seine Wege waren die Wege im Wald gewesen, den Flußlauf hinunter und hinauf, quer durchs Gestrüpp und die steilen Wände des Cañons hinauf und hinunter. Manchmal, besonders in früheren Jahren, traf er auf einen Indianer von einer Nachbarsiedlung, aber die Begegnungen waren kurz gewesen, man wußte sich wenig mitzuteilen. Man sagte, daß es viele Fische gäbe oder viele Eicheln. Man fürchtete einen strengen Winter oder erhoffte einen milden. Mehr hatte man einander nicht zu sagen. Und daheim berichtete er von seiner Begegnung mit dem anderen. Und der andere sicherlich genauso von seiner Begegnung mit ihm.

Zu jeder Zeit war es aber gut gewesen, nicht mit Absicht mit den anderen zusammenzutreffen, ihnen aus dem Weg zu gehen. Die Weißen waren ihnen im Lauf der Jahre nicht fremd geblieben. Besonders die Yahi wußten, welche Weißen sich nicht an den Mordzügen gegen die Indianer beteiligt hatten, und sie waren klug genug, genau zu wissen, wer nur zu gerne hinauszog, um Indianer, Männer, Frauen, Kinder und Greise zu jagen und zu töten.
Bisher hatte der wilde Mann von Oroville nicht gewußt, daß es zwei Welten der Weißen gab, aber vielleicht gab es noch mehrere von ihnen, wer konnte das wissen? Hier, in dieser Welt, in der er sich gerade befand, dachte offenbar kein einziger Weißer daran, ihn umzubringen, wenn auch der Schaffner, der jetzt in einer dem wilden Mann seltsam erscheinenden Kleidung zu ihnen kam und den Professor freundlich grüßte, sie eher mißtrauisch ansah. Aber offenbar hatte der Professor einen Zauber in der Tasche, den er hervorholte und vorwies. Der Fremde nahm die Zauberplättchen an und prüfte sie mit einer seltenen, glänzenden Waffe, die der Indianer noch bei keinem Weißen gesehen hatte. Dann gab er die Plättchen zurück, als wäre nichts geschehen, aber der Indianer bemerkte, daß diese glänzende Waffe kleine runde Löcher in die Plättchen gebissen hatte, was der Professor offensichtlich übersah. Möglicherweise war jetzt der Zauber zerstört. Er mußte den Professor warnen. Er beugte sich vor und sprudelte in der Sprache der Yahi hervor, was er konnte, um den Professor auf den Schaden aufmerksam zu machen, den der fremde Mann angerichtet hatte. Dann aber sah er Batwi wie einen Weißen lachen. Höhnisch und überlegen, und er wußte, daß er sich bloßgestellt hatte, und zog sich in sich zurück.
Waterman konnte dem Neuen erklären, was er wollte, und

ein dutzendmal sagen, daß dies o.k. sei, er war nicht erreichbar und es nützte nichts, daß Waterman Batwi sehr scharf zurechtwies, so sehr, daß dieser vergaß, die Beine übereinanderzuschlagen. Der freigelassene Gefangene war in Gedanken in den Wäldern am Waganupa, spürte die rissige Rinde einer Kiefer, roch ihr Harz und hörte das Singen des Windes in ihren Nadeln . . .
Kurz vor elf rüttelte ihn der Professor wach. Sie waren in San Francisco. Der Lärm, der in der riesigen, verrußten Halle herrschte, die vielen Menschen, die zu dieser Zeit noch hin- und herliefen, bestürzten ihn. Unsicher, mit steifen Beinen und zaghaftem Tritt stieg er das steile Treppchen vom Waggon auf den Bahnsteig. Ihm war klar, daß er sich hier nicht mehr verstecken, daß er hier nicht mehr fliehen, aber auch nicht mehr hungern mußte. Dennoch beschlich ihn Angst. Bisher hatte er in einer Welt gelebt, die ihm vertraut war, die er besser kannte als irgendein Weißer, in der er sogar die Rufe der Vögel verstand. Hier war er dumm wie ein neugeborenes Kind. Allen war er ausgeliefert, sogar dem charakterlosen Batwi.
Auf dem Weg zum Ausgang kamen sie an der riesigen Lokomotive vorbei, genau in dem Augenblick, da der Lokomotivführer Dampf abließ. Der Indianer floh entsetzt vor der weißen feuchten Wolke, und Waterman mußte ihm nachspurten und ihn halten. Er klopfte ihm auf die Schulter und beruhigte ihn.
«Ist ja nichts», sagte er auf englisch, aber der Neue begriff den Sinn der Worte und beruhigte sich.
Draußen stiegen sie in einen offenen Wagen, der sie die hell beleuchteten Straßen zu den Parnassus Heights hinauffuhr. Der Indianer wußte nicht, daß ein furchtbares Erdbeben die Stadt vor fünf Jahren zerstört hatte. Er konnte nicht

erkennen, wo die schweren Schäden schon behoben oder wo sie nur oberflächlich beseitigt waren. Er war müde und sah das Ganze wie einen Traum.
Als er das Haus auf der Parnassus-Höhe betrat, es war die ehemalige juristische Fakultät und sollte nun das Völkerkundemuseum werden, war der neue Tag angebrochen.
Es war der 5. September 1911. Der Neue wußte es nicht. Dies war der Todestag des großen Häuptlings Crazy Horse, der am 5. September 1877, nachdem die Armee ihm Straffreiheit für seinen Freiheitskampf zugesichert hatte, von einem Gefreiten dieser Armee mit dem Bajonett erstochen worden war.

Das Zimmer, in das man den Indianer brachte, fand er groß.
Waterman zeigte ihm das Bett, ein massives Gestell aus schön poliertem Nußbaumholz mit gedrechselten Verzierungen. Daß das Bett keinen federnden Einsatz hatte, sondern nur Bretter und einen Strohsack darauf, bedrückte nur Waterman. Er tröstete sich jedoch. Immerhin war der Strohsack mit einem sauberen Leintuch bezogen, und auf dem Kopfende lag ein prallgefülltes Federkissen. Neben dem Bett stand ein Schränkchen mit einer Lampe, rechts neben dem Fenster ein kleiner Tisch mit zwei Stühlen, dann ein Kleider- und Wäscheschrank mit quietschenden Türen und daneben ein dazupassender Waschtisch mit Wasserkrug und Waschschüssel aus Steingut, dahinter ein großer Spiegel.
Der wilde Mann konnte es nicht fassen, daß er hier wohnen sollte. Als ihm Waterman zeigte, wo er Wasser holen könne, erschrak er, weil das Wasser aus der Wand kam. Er

begriff nicht, auf welche Art es dahinein gelangte. Er hielt es einfach für Zauber. Auf der Toilette erschrak er wieder, als der Professor ihm zeigte, daß er an der Kette zu ziehen habe. Er lief davon, als das Wasser herunterrauschte, aber er kam schnell zurück, als ihm Waterman zu erklären versuchte, daß er selbst auch einen solchen Raum habe und daß ihn sogar seine Kinder ohne Schaden aufsuchen könnten.

Als der Indianer allein war, durchmaß er das Zimmer mit seinen Schritten. Welch riesiger Raum! In der Länge größer als die Hütte für eine große Yahifamilie, dazu viel, viel höher. Der Fußboden war nicht aus gestampfter Erde, sondern mit schönen, fest verankerten Holzbrettern belegt, die braun gefärbt waren und glänzten. Ihm war zunächst schleierhaft, wie er sich auf diesem wunderschönen Holzboden ein Feuerchen anmachen sollte, um sich sein Essen zu kochen. – Und wann gingen Waterman und all die anderen vielen Weißen, die in der großen, großen Stadt wohnten, auf die Jagd? Wo schossen sie ihre Rehe und fingen sie ihre Fische? Und wo fanden die Rehe, die Kaninchen ihr Futter?

Er entkleidete sich und ging zu Bett. Es war das weichste Lager, das man sich vorstellen konnte, und besonders das Kissen unter seinem Kopf war so weich, daß er immer wieder seinen Kopf hob, in der Angst, er könnte diese Weichheit irgendwie verletzen. Erst nach längerer Zeit begriff er, daß er nicht auf, sondern unter der Decke zu liegen habe. Er hatte es zu Beginn nur deshalb falsch gemacht, weil sie mit geblümtem Stoff überzogen als Decke nicht zu erkennen war.

Waterman hatte, bevor er den Indianer allein ließ, das Fenster geöffnet. Die kühle Nachtluft wehte herein.

Manchmal bauschte sich der Vorhang. Das war wie ein Zauber. Dennoch schlief der Indianer sehr rasch ein. Es war eine seiner Fähigkeiten, schnell einzuschlafen. Während seines Schlafes waren seine Ohren wachsam, sie registrierten jedes Geräusch, aber nur jene Geräusche, die Gefahr befürchten ließen, weckten ihn.
Kein Wunder, daß er erst aufwachte, als es heller Tag war. Er hatte keine Ahnung, wie hoch die Sonne stand, weil er aus seinem Fenster nur in das Geviert eines Hofes blickte. So blieb ihm nichts anderes zu tun, als sich zu waschen. Er war es gewohnt, den Bach aufzusuchen, jetzt mußte er sich mit der riesigen Schüssel begnügen, in der das Wasser still stand wie in einem See. Doch was war das? Neben der großen Wasserschüssel befand sich ein kleines Seifenschälchen mit einem Stück rosa Seife. Beides kannte er nicht. Er hob zuerst beides auf und entdeckte, daß man das Seifenstück aus dem Schälchen nehmen konnte. Es griff sich eigenartig an, und es roch nach Frühling und Blumen, als er es an die Nase hielt. Da er annahm, was gut rieche, würde auch gut schmecken, biß er in das Seifenstück hinein. Es war ein entsetzlicher Geschmack. Sofort spie er den Seifenbrocken aus und spülte den Mund mit Wasser.
Nachdem er sich angezogen hatte, setzte er sich barfuß auf einen Stuhl und fand diese Art des Sitzens ziemlich unbequem. Er war es nicht gewöhnt, die Füße herunterbaumeln zu lassen.
Es war sein Glück, daß er nicht lange auf das Frühstück warten mußte und daß Waterman nach ihm sah. Der Professor erklärte ihm so gut er konnte, daß er ihn nachher zu einem anderen Professor bringen würde. Der hieß Kroeber, und er sei der «big chief». Der big chief, ob er das etwa nachsagen könne.

«Bigg tschiep», sagte der Indianer errötend.

Ja, und weil Kroeber der große Chef sei, er, Waterman sei ja nur ein ganz kleiner, müsse er ihn auch schön begrüßen. Etwa: «How do you do? I'm glad to meet you.»

Der Indianer lächelte. «Haududu.» Nein, er merkte, daß das nicht richtig war. Schließlich, nach vielen Ermunterungen saß der Satz einigermaßen.

«Haududu? Im glad to mietye», sagte er, als er Professor Kroeber gegenüberstand, und errötete wie ein Jüngling, der seiner Angebeteten eine Liebeserklärung machte.

Professor Kroeber, ein Mann unter vierzig, dessen jungenhaftes Gesicht von einem dunklen, kräftigen Vollbart umrahmt war, verneigte sich ebenfalls und sagte seinerseits einen Text.

Es war merkwürdig, beide Professoren fühlten, daß ihr Gast verstand, worum es ging und daß er auch sofort ein Gefühl dafür hatte, wie die Stellung von Kroeber und Waterman ihm gegenüber war und in welche Ränge sie einzustufen waren.

«Nun, was sagen Sie?» fragte Waterman nicht ohne Stolz. «Jetzt ist er hier.»

«Wie hat er die Eisenbahnfahrt überstanden?»

«Dafür, daß es die erste Fahrt seines Lebens war, hat er sich ungewöhnlich tapfer verhalten. Anderen ist er bestimmt nicht aufgefallen.»

«Er beherrscht sich sehr», stellte Kroeber fest, «aber der arme Mann hat noch immer Angst.»

«Er weiß, daß wir es gut mit ihm meinen, aber es sind die vielfältigen, ganz überraschend auf ihn einstürzenden Eindrücke, die ihn immer wieder erschrecken. Das wird sich geben, wenn er mit seiner Umwelt erst einmal etwas vertrauter ist.»

«Für einen sogenannten Wilden erscheint er mir sehr sanft, oder täusche ich mich?»
«Sie täuschen sich nicht. Er ist sehr sanft und sehr wohlerzogen. Ich würde mich nicht scheuen, ihn in eines der feinsten Lokale hier mitzunehmen. Er ist sehr gut erzogen und wesentlich intelligenter als Batwi. Batwi ist im Vergleich zu ihm ein armer Verwandter vom Land. Nur, er ist noch sehr scheu, und ich will ihn erst im kleinen Kreis Sicherheit gewinnen lassen.»
Kroeber sagte ein paar Yanawörter zu dem Indianer, die er sich vorher schnell eingetrichtert hatte. Aber seine Aussprache in Yana war mindestens so mangelhaft wie die englische des Indianers. Da der Professor aber bei seinen Worten lächelte, lächelte der jetzt auch und tat so, als habe er ihn verstanden.
«Er wird uns viele Hinweise geben können, wie die Worte auszusprechen sind», erklärte Waterman. «Mir scheint, er ist auf diesem Gebiet viel besser als Batwi. Soviel ich merkte, hat er Batwi auch des öfteren bei seinen Worten korrigiert.»
«Das muß wohl so sein bei einer Sprache, die nicht geschrieben wird, sondern nur durch das gesprochene Wort weiterlebt», fand Kroeber. «Wir werden ihn ganz behutsam in seine neue Welt einführen.»
«Ich will dann mit ihm zu Doktor Pope hinüber und später nehme ich ihn nach Berkeley und zu mir zum Dinner mit.»
«Tun Sie das. Und wenn Sie wieder hier sind, setzen wir uns ein wenig zusammen.»
Es waren nur ein paar Schritte zum Krankenhaus. Der Indianer begriff nicht, welche Wesen die weißgekleideten Krankenschwestern waren. Nachdem aber die meisten Professor Waterman mit einem Lächeln und mit einem

leichten Neigen des Kopfes grüßten, hielt er sie für eine Art gute Geister. Er zuckte deshalb zurück, als er in einem Zimmer plötzlich einem vollkommen weißgekleideten Mann gegenüberstand, nämlich Dr. Pope.

Dieser Mann schien zu glauben, daß er irgend etwas, vielleicht böse Dämonen, in sich verberge. Denn er hieß ihn den Mund öffnen, als er da nichts entdecken konnte, legte er sein Ohr an Brust und Rücken, wahrscheinlich in der Hoffnung, den Dämonen auf diese Art auf die Schliche zu kommen. Als auch diese Suche ergebnislos verlief, mußte er sich hinlegen, und der weißgekleidete Mann knetete nun seinen Bauch durch und klopfte seine Rippen ab, wobei er manchmal den Kopf schüttelte oder unverständliches Zeug vor sich hin brummte.

Obwohl der weiße Mann nichts gefunden hatte, schien er nicht unzufrieden und lächelte ihm zu. Ja, er klopfte ihm sogar auf die Schulter und schob ihn gegen die Wand, wo er ihm etwas auf den Kopf legte, und immer wieder sagte er etwas dazu.

Erst jetzt merkte der Neue, daß noch eine junge Frau, ebenfalls weißgekleidet, und mit hellem Haar, im Zimmer saß, die fortwährend beschwörende Zeichen mit einem kleinen Stift auf Papier schrieb.

Nachdem Dr. Pope die Größe gemessen hatte, führte er den stark abgemagerten Mann zur Waage, um ihn zu wiegen. Der spürte zunächst, daß der Boden unter ihm schwankte und war mit einem Satz von der Waage herunter und in der Ecke des Zimmers. Es bedurfte vielen guten Zuredens von seiten Dr. Popes, er stieg selbst ein paarmal auf die Waage und führte auch vor, wie sich die weiße Frau ohne Angst auf dieses kleine schwankende Viereck stellte, bis der Indianer es endlich noch einmal versuchte. Dann

konnte er sich anziehen, und Waterman erschien wieder. Das beruhigte ihn sehr.
«Nun?» fragte Waterman den Doktor, «wie steht es mit ihm?»
«Sein Allgemeinzustand ist ganz gut. Er hat natürlich Untergewicht, aber das wird sich ja in einiger Zeit von selbst geben. Mit der Lunge, da bin ich nicht so ganz zufrieden, da waren Geräusche.»
«Etwas Ernstes, Doc?»
«Nicht alarmierend, Professor. Aber man muß es im Auge behalten. Er ist noch sehr scheu, ich möchte ihn also mit einer langwierigen Untersuchung nicht erschrecken. Was er vor allem braucht und was ihm zunächst am meisten weiterhilft, ist Vertrauen, nur so kann er den Verpflanzungsschock, und der muß für ihn gewaltig sein, überstehen. Er hat ja keine Ahnung, was wir hier mit ihm machen. Wenn Ihre Indianerworte dazu ausreichen, erklären Sie ihm das ein bißchen. Der Mann hat ja nicht nur die Entfernung vom Mill Creek zurückgelegt, er ist doch ein Mill-Creek-Indianer?»
«So sagen die Weißen. Er selber sagt, er sei ein Yahi.»
«Gut, dann werde ich auch Yahi zu ihm sagen.» Er ging sofort auf den Indianer zu und machte ein gestenreiches Spiel, er tippte ihn mit dem Zeigefinger an und sagte: «Du Yahi?» Im Zusammenhang mit der Berührung begriff der ihn. Er nickte und sagte etwas Unverständliches, aus dem Dr. Pope nur das Wort Yahi heraushören konnte.
«Gut, du bist ein Yahi, aber was bin dann ich? Wie heiße ich? Sag's mir!»
Der Indianer verstand. Er sagte dem Doktor, daß er ein «Saltu» sei, ein anderer.
«Können Sie ihm nicht etwas geben, Doc, das im Gegenteil

zu dem, was Sie sonst verschreiben, wohlschmeckend ist und ausnahmsweise nicht schadet?» fragte Waterman.
Saxton Pope grinste. «Wir haben einen sehr guten Hustensaft, der braun ist und süß schmeckt, der schadet garantiert nicht, wenn er auch nicht viel nützt. Wann werden Sie endlich begreifen, Professor, daß Worte und Zuhören die beste Medizin sind? Hm?»
«Also muß er schnell ein paar Worte Englisch lernen.»
«Das wäre gut. Ich hab mich vorhin durch meine Frage selbst unterbrochen. Ich wollte sagen, er hat ja nicht nur die paar hundert Meilen vom Mill Creek hierher zurückgelegt. Sie müssen sich vor Augen halten, daß der Mann aus der Steinzeit in unser verrücktes zwanzigstes Jahrhundert katapultiert wurde, mitten hinein ins Industriezeitalter. Er ist der einzige Mensch, von dem ich weiß, daß er praktisch in ein paar Stunden das zurückgelegt hat, wozu die übrige Menschheit zehntausend Jahre brauchte. Darum würde ich ihn gerne so oft wie möglich sehen. Bringen Sie ihm als erstes bei, wie er den Weg zu mir findet.»
Die Assistentin Dr. Popes hatte sich entfernt und kam nun mit einem Zweihundertfünfziggramm-Fläschchen, hübsch zugekorkt und mit weißer Schleife versehen, zurück. Sie überreichte das Fläschchen mit einem Knicks dem Doktor, und der Doktor winkte den roten Mann heran und überreichte es ihm.
Die Augen des Indianers strahlten. Dr. Pope war der erste Weiße, der ihm ein Geschenk machte.
Waterman hatte die Szene beobachtet und sagte noch in der Tür: «Ich hab das Gefühl, das war jetzt sehr wichtig, Doc.»
«Ich seltsamerweise auch. Wir sehr gescheiten Menschen

haben vollkommen den Sinn für rituelle Handlungen verlernt.»

Am Nachmittag zeigte Professor Waterman dem Indianer das Gelände der Universität in Berkeley. Sie waren über die Bucht herübergekommen. Die Fahrt auf dem Fährschiff hatte ihn offensichtlich weniger geängstigt als die Fahrt in der Eisenbahn. Und hier in Berkeley zwischen den verschiedenen Universitätsinstituten war es für Waterman schwer, dem wilden Mann zu erklären, was die Weißen hier taten.

Seine erste Lehrerin war die Mutter gewesen, die «Höhere Schule» hatte er von älteren Männern angeleitet absolviert. Er hatte gelernt, nicht blind im Wald zu gehen, nicht unüberlegt auf Lichtungen hinauszulaufen. Es war ihm in Fleisch und Blut übergegangen, zunächst einmal seinen Kundschafterblick rundum gehen zu lassen und, wenn er mit den Augen nichts entdecken konnte, seine Ohren anzustrengen und seine Nase. Er hatte gelernt, den Bogen mit lässiger Bewegung zu spannen, die kein Tier aufschreckte und flüchten ließ. Und später hatte er gelernt, welche Kräuter Kräfte schenkten und welche nicht, welche gesund und welche krank machten. Er hatte gelernt, wie man Dämonen vertrieb und wie man den, der die Blitze schleuderte, mit Tabak wieder versöhnte. Und sie hatten nur das Rundhaus der Familie dazu gebraucht und das langgestreckte Haus der Männer. Die Yahi hatten keine Schrift und keine Bibliothek, ihr Wissen, ihren Sprachschatz mußte er immer im Kopf haben, er wurde von Kopf zu Kopf, von Hirn zu Hirn weitergegeben. Vergessen durften sie nichts.

Waterman vertröstete sich auf später. Es war wirklich zu früh, dem letzten Yahi bereits am ersten Tag seiner Anwesenheit in San Francisco die Universität zu zeigen. Obwohl er das Gefühl hatte, daß der rote Mann wußte, wie sehr sein, Watermans, Herz an all dem hier hing. Er war stolz darauf, hier lehren zu dürfen.

Um die Stimmung zu heben, versuchte Waterman seinem Schützling zu erklären, daß er ihn am Abend zu sich nach Hause mitnehme, zu seiner Frau und seinen beiden Kindern, es würde ein sehr gutes Dinner geben.

Der Mann hörte zu, etwas reserviert, wie es seine Art war, begriff anscheinend ein bißchen von dem, was ihm gesagt wurde, und reimte sich das andere zusammen.

Waterman war äußerst gespannt, wie sich sein neuer Freund in der ersten Wohnung eines weißen Mannes, die er je betrat, benehmen würde. Und er war nachher erstaunt, wie selbstverständlich sich sein Gast in der für ihn vollkommen neuen Umgebung bewegte.

Der Indianer erlebte die Situation ganz anders, als sie Waterman sah. Er wußte nicht, was ihm bevorstand, als Waterman die Tür zu seiner Wohnung aufschloß. Er betrat zaghaft den Läufer im Korridor und hatte keine Ahnung, was jetzt folgen würde. Die vielen Türen verwirrten ihn, denn er wußte nicht, wohin sie führten. Erst als er Kinderstimmen hörte, beruhigte er sich. Der Professor öffnete eine Tür, und da war ein heller Raum, ganz anders als der seine im Museum, mit kleinen nachgemachten Tieren und Menschen, und die beiden Kinder sahen ihn mit großen Augen an.

Er lächelte, und da lächelten die Kinder zurück. Als er sich umdrehte, stand eine junge Frau vor ihm, fast so groß wie der Professor, mit hellem Haar und hellen Augen. Sie war

so lautlos herangekommen, er hatte sie fast nicht gehört. Er errötete und neigte seinen Kopf. Erst, als ihm Mrs. Waterman die Hand zum Gruß bot, ergriff er auch die ihre.
Die Frau lud ihn offensichtlich ein, ihr zu folgen, und er folgte ihr. Hinter ihr betrat er ein anderes Zimmer, dessen Pracht ihn fast erschlug. Es war das Eßzimmer, der Tisch war gedeckt, in der Mitte der Tafel stand ein Blumengesteck, links und rechts davon Kerzen in silbernen Leuchtern, neben den Tellern lagen die Bestecke, und hinter den Tellern standen verschiedene Gläser. Er sah das wie einen Traum. Was sich auf dem Tisch befand, schien ihm äußerst merkwürdig und in seiner Bedeutung unklar, aber er fürchtete sich nicht davor. Dazu kam, daß jetzt ein feiner Duft von der Küche her in das Zimmer zog.
Er hatte Hunger.
Etwas später brachte die Hausangestellte, die ihn scheu musterte, die Kinder herein. Dann kam wieder die junge Frau des Professors. Sie setzte sich, indem sie ihm zunickte. Er nickte zurück und setzte sich auch. Flüchtig musterte er die silbern schimmernden Bestecke, lächelte den Kindern und Waterman zu, der ihn verwundert beobachtete.
Das Mädchen brachte die Suppenterrine, und die Frau des Professors entnahm einen Schöpflöffel voll Suppe. Der rote Mann nahm nicht mehr und nicht weniger. Er griff auch nach dem Löffel ganz rechts von seinem Teller, als Frau Waterman nach dem ihren langte, und er aß seine Suppe im gleichen Tempo wie die Frau des Professors, mit den gleichen Bewegungen, und er hielt ebenso wie sie die eine oder andere kürzere oder längere Pause ein. Als sie mit der Serviette die Lippen abtupfte, machte er es nach. Und das alles geschah so exakt, so genau mit einer nur winzigen zeitlichen Verschiebung, daß ein Fremder, wenn er die

Szene beobachtet hätte, annehmen mußte, sie beide hätten das jahrelang geübt.
Als zweiten Gang gab es Fisch mit Salaten. Er legte sich ein gleich großes Stück wie die Frau des Hauses auf, nahm ebensoviel Salat. Er griff nach der gleichen Gabel und nach dem gleichen Messer, nur seine Augen strahlten mehr als die der Frau Waterman, weil Fisch auch für ihn etwas Bekanntes war, Jagdbeute und Preis für besondere Geschicklichkeit. Mochte die Zubereitung noch so verschieden sein. Er hatte Lachse gefangen, zumindest solange sie noch nicht ausgeblieben waren.
«Er kennt Fisch», erklärte Waterman seiner Frau, «er war ein tüchtiger Jäger und Fischer. Er wird uns später zeigen und erklären, wie er das alles gemacht hat. Er ist sehr wichtig für uns. Du mußt dir eines vor Augen halten, die Yana kannten kein Tongeschirr, sie hatten auch keine Holzschüsseln oder Bretter, keinen Stuhl und keinen Tisch.»
«Was hatten sie dann als Behälter?»
«Körbe. Für alles nahmen sie Körbe. Sie waren große Korbflechter. Sie holten Wasser in Körben und kochten in Körben, kannst du dir das vorstellen? Keiner würde denken, daß das geht, aber es ist möglich. Er wird uns das alles noch erklären, man glaubt ja zunächst nicht, daß man Wasser in Körbe tun kann.»
Er wandte sich an seinen Schützling und erklärte ihm, was er seiner Frau gesagt hatte. Er fragte ihn, ob es ihm schmecke und ob er auch genügend genommen habe. Der seltsame Gast verstand, verneigte sich, er hatte genug, und im übrigen schien er sehr glücklich.
«Auch ihre Vorräte bewahrten sie in Körben auf», fuhr Waterman fort, «gedörrten Fisch und gedörrtes Fleisch.

Eicheln und getrocknetes Wildgemüse. Sie kamen glänzend mit ihren Korbwaren aus.»

Als dritten Gang gab es Steaks mit Kartoffeln und Gemüse. Nun warteten die Kinder schon gespannt darauf, ob Vaters Gast wieder genausoviel nehmen würde wie Mutter. Er hätte ja auch so viel nehmen können wie Vater, der ein bißchen mehr aß als Ma, aber nein, der Indianer hielt durch. Er griff nach Messer und Gabel in der gleichen Art wie Frau Waterman, nachdem er sich genausoviel auf den Teller gelegt hatte wie sie. Er hielt Messer und Gabel wie seine Gastgeberin und verwendete sie ohne Schwierigkeiten und ohne jede Ungeschicklichkeit. Man hätte denken können, er habe sein Leben lang mit Besteck gegessen.

«Wieso kann er das so gut?» fragte die ältere Tochter.

«Weil ein Jäger immer geschickt sein muß.»

«Und warum muß er geschickt sein?»

«Weil er sonst nichts trifft oder fängt.»

«Und was ist, wenn er nichts trifft oder fängt?»

«Dann müssen seine Leute daheim hungern.»

«Warum kaufen sie dann nichts?»

«Weil sie keine Geschäfte haben und leider auch kein Geld.»

«Warum haben sie keine Geschäfte und kein Geld?»

«Weil sie anders leben als wir.»

«Warum leben sie anders?»

Der Indianer verstand bestimmt nicht die einzelnen Fragen. Aber daß das Kind fragte, begriff er. Und das Spiel dieser endlosen Fragerei schien ihm vertraut. Er lächelte das Mädchen an, als Waterman sagte, daß er das später erklären würde, und es noch wissen wollte, warum er es nicht gleich erklärte. Ob er es am Ende gar nicht wisse?

Nach dem Essen gab es Obst. Trauben, Äpfel und Birnen. Als der Aufsatz mit dem Obst auf den Tisch gestellt wurde, gingen dem Yahi-Mann die Augen über. Noch nie hatte er so herrliche Früchte gesehen. Es mußten ganz andere Wälder sein, in denen derartiges gedieh.
Waterman griff sich einen Apfel, seine Frau eine Birne. Fast zur gleichen Zeit wie sie legte auch der rote Mann eine Birne auf seinen Teller.
Waterman verglich ihn mit Batwi. Der Neue war zweifellos der wesentlich besser erzogene, er mußte eine sehr feine Mutter gehabt haben. Im übrigen nahm Waterman sich vor, herauszubekommen, ob dieses sich vollkommene Einstellen auf die Frau des Hauses neben der praktischen Seite des Sich-nicht-Blamieren-Könnens auch noch andere Gründe hatte, ob sie eine Form der indianischen Höflichkeit war, ob es etwa sagen sollte, du bist die Frau des Hauses, ich halte dich für gut erzogen, darum mache ich alles so wie du.
Frau Waterman stand in der Tür und winkte, als ihr Mann mit dem «wilden Mann aus Oroville», wie die Presse ihn schon nannte, wieder zum noch nicht eröffneten Museum auf den Parnassus Heights zurückfuhr.
Sie hatten schon viele Gäste gehabt, darunter sehr gebildete Leute, aber von diesen allen schien ihr der «Wilde» der kultivierteste gewesen zu sein.
Als ihr Mann am späten Abend nach Hause kam und sie fragte, wie sie den Gast gefunden habe, antwortete sie, was sie übrigens gerne tat, mit einer Gegenfrage:
«Hast du seine schönen, gepflegten und vollkommen schwielenfreien Hände gesehen?»
«Seine Hände?» fragte Waterman. «Bei Gott, die sind mir noch gar nicht aufgefallen.»

Kroeber war froh, als Waterman in seinem Arbeitszimmer, das er sich im Völkerkundemuseum auf den Parnassus Heights eingerichtet hatte, auftauchte. «Fein, daß Sie da sind, kommen Sie, setzen Sie sich.»

«Ich wollte nur melden, daß ich unseren Yahi zurückgebracht habe.»

«Das ist der Grund, warum ich mit Ihnen sprechen sollte, Waterman. Wie fand er es übrigens bei Ihnen daheim?»

«Er tat überhaupt nicht erstaunt. Ich kann Ihnen nur raten, ihn sobald wie möglich auch einzuladen, jede Schilderung bleibt dagegen farblos.»

«Aber alle unsere Indianer haben sich doch immer sehr gut bei Tisch benommen.»

«Aber keiner so gut wie dieser. Er hat alles genauso gemacht wie meine Frau und fast zur gleichen Zeit. Das müssen Sie selbst erlebt haben. Ich möchte gar nicht darauf hinweisen, welches Reaktionsvermögen dazu notwendig ist, aber die Geschicklichkeit! Das ist geradezu unvorstellbar! Man hat den Eindruck, der hat draußen in den Wäldern um den Mount Lassen genauso getafelt wie wir. Ich habe mich immer wieder gefragt, ob ich siamesische Zwillinge vor mir habe.»

Kroeber nickte. «Unser Yahi ist zweifellos eine Persönlichkeit. Darum müssen wir eines ganz eilig tun. Ich könnte jedesmal wild werden, wenn ich in der Zeitung lese ‹der wilde Mann aus Oroville›. Waterman, wir müssen ihm das geben, was wir alle haben, einen Namen.»

«Sie wissen, daß ein gut erzogener Yana und daher auch ein Yahi keinem Fremden seinen Namen sagt, genauso wie es für sie sehr unhöflich ist, einen anderen nach seinem Namen zu fragen.»

«Ich überlege schon die ganze Zeit, wie wir dieses Tabu

durchbrechen können. Er braucht einen Namen; morgen zum Beispiel hat sich wieder ein Zeitungsmann angesagt, der über ihn schreiben will, ich will, daß ‹der wilde Mann aus Oroville› aus den Gazetten verschwindet. Und dann auch im Hinblick auf unseren Empfang demnächst hier. Wir müssen ihm das klarmachen, daß er hier in unserer Welt einen Namen braucht.»

«Aber hängen Sie ihm bloß keinen Smith oder Brown an. Ich finde es schlimm genug, daß Batwi Sam heißt. Er soll einen Namen in seiner Sprache bekommen, den jeder Weiße aussprechen kann. Und der obendrein einen gewissen Sinn hat.»

«Überlegen Sie mit, Waterman. Vielleicht fällt Ihnen etwas Hübsches ein.»

Schon am nächsten Tag erlebte Kroeber, wie der angesagte Zeitungsmann in «den Wilden» drang, ihm doch seinen Namen zu nennen. Batwi, der radebrechend dolmetschte, bekniete ihn in der Sprache der Yana, er möge doch endlich sagen, wie er heiße.

Nun verstand der Neue die Welt nicht mehr. Es war einfach undenkbar, seinen Namen einem Fremden preiszugeben. Noch unverständlicher war für ihn, daß Batwi, ein Yana, die Gesetze seines Volkes derart vergessen hatte. Er hätte nie und nimmer einen solchen Rat geben dürfen. Um Batwi nicht bloßzustellen, sagte er daher dem Zeitungsmann, er habe seinen Namen vergessen.

Der Reporter machte eine kleine Story aus diesem Umstand. Der Mann schrieb, «der Wilde» sei so viel allein gewesen und habe so wenig Kontakt mit seinesgleichen gehabt, daß er sogar seinen Namen vergessen habe. Das paßte in das allgemeine Bild, das sich der Weiße vom wilden Mann machte, der nicht lesen und schreiben kann

und darüber hinaus so dumm war, daß er sogar seinen eigenen Namen vergaß. Überlegenheitsgefühle waren also durchaus angebracht.
Kroeber ging hinauf in sein Zimmer und sah das Yanavokabular durch. Einerseits, um dem Yahi die Situation zu erklären, andererseits, um vielleicht einen Namen zu finden. Er stieß unter anderem auf das Yanawort für Mann. Mann hieß Ishi. Ishi war einfach Mann. «Der Wilde aus Oroville» war ein Mann, also war er Ishi. Er rief sofort Waterman an und fragte ihn, was er von Ishi halte, Waterman fand den Namen akzeptabel, wenn auch der Mann, also Ishi, ihn selbst akzeptiere. Und da dem roten Mann Ishi gefiel, war er von diesem Tag an Ishi oder, wie Fremde sagten, Mister Ishi.
Er reagierte, wenn man ihn Ishi rief, aber da Ishi nun sein Name war, sprach er selbst Ishi nie mehr aus.

Auf den ersten Sonntag in San Francisco freute sich Ishi. Professor Kroeber hatte ihm erzählt, daß er dann das Meer sehen werde, den Ozean. Ishi wußte, was der Professor meinte. Er hatte zwar bisher mit niemandem gesprochen, der das Meer selbst gesehen hatte, aber alle seine Verwandten und Stammesangehörigen hatten davon gewußt. Sie wußten, daß die Bäche und Flüsse dem Ozean zufließen, sie wußten auch, daß die Lachse aus dem Meer kommen, hinauf in die Flüsse und Bäche des Indianerlandes.
Ishi freute sich auf den Sonntag, und es machte ihm nichts aus, daß es ein etwas windiger und nicht sehr warmer Septembertag war. Er saß hinten im Wagen des Professors und ließ sich zeigen, was die Familie Kroeber für sehenswert hielt. Wenn er aber von irgendeiner Stelle der Stadt

den Blick auf die Parnassushöhen erhaschen konnte, womöglich noch mit dem Museum, dann wies er erfreut hin und rief: «Wo-wi!» Mein Haus.
Die anderen merkten bald, daß Ishi zu keiner Zeit vergaß, sich Orientierungspunkte zu setzen, und sie zweifelten keinen Augenblick, daß es ihm jederzeit gelungen wäre, von einem x-beliebigen Punkt der riesigen Stadt aus allein zum Museum zurückzufinden.
Und so schaukelte er weich gefedert durch den Golden Gate Park, musterte die Menschen, die spazierengingen oder selbst in Autos fuhren. Er wirkte weder überrascht noch verwundert. Er bewunderte nur den Professor, daß er den Wagen lenken konnte, anscheinend ohne Schwierigkeit, und ganz im Geheimen fragte er sich, wieso das Auto fahren konnte, ohne Schornstein, ohne Feuer und ohne Rauchfahne, ohne Funkenflug, ohne gellenden Pfiff und ohne Gleise.
Auf der Klippe oberhalb von Cliff House hielt Professor Kroeber den Wagen an. Das war der schönste Aussichtspunkt weit und breit. Man sah hier nicht nur die Weite des Ozeans von erhöhtem Standpunkt aus, sondern auch unterhalb der Klippen den langgezogenen Strand und die Brandungswellen, die unermüdlich den Strand anliefen.
Ishi erhob sich, folgte der Hand des Professors, die in die Runde wies, und zog fast entsetzt den Atem ein. Nicht die Höhe der Klippe erschreckte ihn, auch nicht die unendliche Weite des Pazifischen Ozeans, es war auch nicht die Brandung, die ihn so beeindruckte; schäumende Wasser waren ihm nicht fremd, und vom oberen Rand eines Cañons konnte man mindestens ebenso tief hinunterschauen. Was ihm im wahrsten Sinn des Wortes den Atem raubte, waren die vielen Menschen unten am Strand.

Und er sagte es, er hatte nie gedacht, daß auf der Welt, in der es für ihn immer nur ein paar Stammesangehörige gegeben hatte, und einige Weiße, so viele Menschen leben könnten.
Wie gesagt, es war ein Septembertag, ein windiger und nicht besonders warmer Tag dazu, man konnte zwar einige Tausend Menschen sehen, aber mit dem Strandbesuch an einem heißen Sommertag war das nicht zu vergleichen. Trotzdem konnte sich Ishi an den vielen Menschen, die da tief unter den Klippen entweder im Sand lagen oder spielten oder in ihren monströsen Badekostümen in die Fluten stiegen, nicht satt sehen. Er mußte damit fertig werden, daß die Welt anders war, als er sich vorgestellt und als er gehört hatte. Sie trug mehr Menschen, als er ahnte. Diese Erkenntnis traf ihn fast wie ein Schlag.
Immer wieder flüsterte er die Worte «Hansi saltu» – «Hansi saltu» – So viele Weiße.
Kroeber beobachtete Ishi nicht ohne Rührung. Was ging in Ishi, dem letzten Steinzeitmenschen von Nordamerika vor? Kroeber wußte von Ishi, daß er sich als Einzelner empfand, als einer, der unter seinesgleichen keine Verwandten und keine Freunde mehr hatte. Batwi war ein Yana, aber kein Yahi, und außerdem versuchte Batwi unentwegt ein anderer, ein «saltu» zu sein, was Ishi besonders abstieß. Ishi bewahrte ganz im Gegensatz zu Batwi seine Identität, er gab nicht vor, ein anderer zu sein, er tat nicht, als habe er ohnehin alles längst gewußt.
Ob sich Ishis Weltbild in diesen Minuten oberhalb Cliff House verändert hatte? Ob er in seiner Zurückgezogenheit auf der Rückfahrt versuchte, das was er gesehen hatte, mit dem, was ihm seine Mutter und die älteren Männer erzählt hatten, in Übereinstimmung zu bringen? Kroeber empfand

die ungeheure Distanz zwischen ihm und den Seinen auf der einen und Ishi auf der anderen Seite. Es war wesentlich schwieriger, den Weg zurückzugehen, den langen Marsch durch die Zeit zur Vorstellungswelt Ishis, als aus dieser Zeit in die Gegenwart geschleudert zu werden. Nur ein Mensch konnte das aushalten.

Und offensichtlich hielt er es auch aus. Bei der ersten Gelegenheit, da die Gruppe der Universitätsgebäude auf Paranassus Heights wieder in Sicht kam, rief Ishi «Wo-wi!» Mein Haus. «Wo-wi!» Mein Heim. Und ein Ton tiefer glücklicher Befriedigung schwang in seiner Stimme mit.

Kroeber beruhigte sich. Ishi würde sich schon zurechtfinden. Es waren noch einige Fragen zu klären, vor allem Ishis Unterhalt betreffend, aber dafür hatte er, Kroeber, die Lösung zu finden und nicht «der wilde Mann aus Oroville».

Kroeber kurvte noch einige Zeit im weiten Gelände des Golden Gate Parks herum, weil es ihm Spaß machte, wenn Ishi erkennen ließ, daß er einen besonderen Baum, eine charakteristische Buschgruppe wiedererkannte. Ishi mußte sich instinktiv und so gut wie unbewußt alles einprägen, an dem er vorüberkam. Wie hätte er sonst weite Strecken in unmarkierter Wildnis zurücklegen können?

Und dann riß es Ishi wieder einmal vom Sitz.

Kroeber hatte die Schar Wachteln auf der abgelegenen Straße zunächst gar nicht gesehen. Er bemerkte sie erst, als der Wagen nur wenige Meter von den unscheinbaren erdfarbenen Vögeln entfernt war. Da schreckten die Vögel auf und schwirrten davon.

Ishi kannte diese Vögel aus seinem Yahiland. Er hatte sie oft gejagt, seine Mutter hatte ihn immer sehr gelobt, wenn

er ein oder gar zwei davon nach Hause gebracht hatte. Ihr zartes Fleisch war eine willkommene Abwechslung zum zähen und harten Dörrfleisch der Rehe oder Hirsche.
«Chikakatee!» rief Ishi. «Chikakatee», rief er, und er sah den Davonschwirrenden nach, bis sie hinter einer Bodenwelle verschwanden.

Die nächsten Tage verliefen weniger ruhig für Ishi. Da waren als erstes die Vorbereitungen im Museum für einen großen Empfang zur offiziellen Eröffnung des Hauses. Kisten wurden ausgepackt, Regale und Vitrinen angeliefert. Die heillose Unordnung einer Übersiedlung mit vielen Einzelstükken, darunter kleine und kleinste, zerrte an den Nerven aller Mitarbeiter. Kroeber mußte immer wieder unverständigen Transportarbeitern und Hilfskräften klarmachen, daß es ein Unding sei, ägyptische Mumien zu Rüstungen des Mittelalters zu legen, und daß Fundstücke aus dem alten Rom nicht zu den Gebeinen aus der Steinzeit gehörten. Es war alles genau geplant gewesen und gut durchorganisiert, man hatte die Kisten numeriert und vermerkt, in welche Zimmer oder Säle sie kommen sollten. Man hatte nur mit einem nicht gerechnet, daß die Arbeiter die schweren Kisten unten auspackten und nur die leichten nach oben trugen.
Dazu kamen noch Störungen von außen. Ishis Ankunft in San Francisco war nicht verborgen geblieben, die Zeitungen hatten darüber als Neuigkeit berichtet. Jetzt war es an der Zeit, über Ishi ausführlicher zu schreiben. Reportagen zu machen mit möglichst vielen Fotos. Aber nicht nur Journalisten und Fotografen gaben einander die Türklinke

in die Hand. Das Museum empfing noch ganz anderen Besuch.
Die Impresarios zweier großer Varietébühnen in San Francisco tauchten nacheinander auf, zuerst und in einem pompösen Wagen der vom «Pantages». Er müsse unbedingt Professor Kroeber sprechen, der gerade genug anderes im Kopf hatte.
Der Chefpräparator Warburton rannte im Haus umher, bis er Professor Kroeber halb in einer Kiste steckend, gerade eine keltische Kostbarkeit bergend, fand.
«Da ist ein aufdringlicher Mann, Sir, der Sie unbedingt sprechen will. Ich hab versucht, ihn abzuwimmeln, aber er ist bereit, sagt er, eine größere Summe für's Museum zu spenden. Wenn es sein muß, sagt er. Den Namen hab ich vergessen, aber er kommt vom ‹Pantages›.»
Kroeber konnte sich nicht vorstellen, warum ausgerechnet ein Mann der Unterhaltungsbranche Kontakt mit ihm suchte, rannte aber hinunter in sein Büro.
«Oh, es ist nett, daß Sie kommen, Sir», rief der Mann theatralisch, hob mit der einen Hand seinen Stock mit Silberknauf und mit der anderen den Zylinder. «Was ich Ihnen zu bieten habe, ist fabelhaft. Ich weiß, daß ein Museum wie dieses knapp bei Kasse ist und immer mal Geld braucht. Expeditionen, Forschungen, Ankäufe und keine staatliche Unterstützung. Geld gibt's nur über ein Kuratorium. Ich weiß das, Sir . . .»
«Wir sind gerade beim Einrichten», unterbrach ihn Kroeber, «wenn Sie sich etwas kürzer fassen könnten . . .»
Der Angeredete tat es. «Hier haben Sie das Programm meines Hauses. Wenn Sie etwas davon verstehen, werden Sie sehen, daß es ein erstklassiges Programm ist, das sich mit denen an der Ostküste oder in Europa ohne weiteres

messen kann. Und nun könnte ich zwischen Programmpunkt dreizehn und vierzehn eine neue Nummer einbauen. Titel der Nummer nur ‹Die große Überraschung›!»

«Warum erzählen Sie das mir?»

«Nummer dreizehn ist eine sehr schöne Nummer, sie nennt sich ‹Der Trompeter und die Tänzerin›. Haben Sie sie vielleicht schon gesehen? Nein? Also die Tänzerin ist eine sagenhaft schöne Frau, Schwedin und von Geblüt eine Gräfin. Eine tragische Geschichte, Professor. Sie sollte einen alten Grafen heiraten, aber den jungen Trompeter hat sie eben geliebt, und da ist er eines Nachts vor ihrem Schloß vorgefahren, und sie ist mit ihm auf und davon. Sie konnte in der Eile ihre Kronjuwelen nicht einpacken, und da standen sie nun beide auf der Straße. Sie mit nichts als ihrer Schönheit und er mit seiner Trompete. Da haben sie die Nummer aufgebaut. Aber man hat sie erst engagiert, als sie nur mit sehr wenig bekleidet getanzt hat. Inzwischen tanzt sie nun sehr gut, aber viel mehr hat sie deshalb auch nicht an, nicht, daß Sie da etwas befürchten müssen, Herr Professor. Ja. Und Nummer vierzehn ist ein Magier, auch den müssen Sie gesehen haben. Der verwandelt weiße Kaninchen in weiße Tauben und umgekehrt. Dann sperrt er die Tauben und die Kaninchen in einen Käfig, legt ein Tuch darüber, sagt ‹Simsalabim›, zieht's Tuch wieder weg, und da ist aus den Tauben und Kaninchen ein wunderschönes Mädchen geworden. Auch nicht mit sehr viel an. Und die entsteigt dem Käfig, da kommen aber zwei kräftige Burschen, Asiaten, die stecken sie in eine Kiste . . .»

Wenn ich dich nur auch in eine Kiste stecken könnte, dachte Kroeber.

«. . . versperren die Kiste und jagen wie aus Jux einen Säbel nach dem anderen in die Kiste. Da müßten Sie das

Publikum stöhnen hören, Herr Professor. Denn das Mädchen ist wirklich sehr schön, ganz jung, mit einem wunderbaren Busen, Herr Professor. Da kommt aber auch schon wieder unser Magier zurück, verzaubert die asiatischen Wilden in zwei Katzen. Sperrt die in eine andere Kiste und holt das Mädchen unverletzt aus der anderen. Wie da das Publikum aufatmet, das müßten Sie gehört haben. Sogar die alten Frauen sind erleichtert, wenn sie das junge Mädchen lebendig wiedersehen. Sie können also nur aus diesen zwei Programmpunkten ermessen, daß wir ganz große Varieté-Kunst bieten, Herr Professor. Und da hab ich mir gedacht, zwischen die schwedische Gräfin und den Magier, da täte Ihr Wilder, den Sie da neulich eingefangen haben oben in Oroville, der täte da gut hineinpassen. Und weil da eine Zeitung geschrieben hat, er mache noch Feuer auf Steinzeitmanier, da stell ich mir vor, wir machen die Bühne halbdunkel und er kniet da, nur mit einem Lendenschurz und ein paar Federn bekleidet, auf der Erde, und reibt sich mit zwei Hölzern ein Feuer an. Und hinten, zwischen zwei Palmen, hängt schon ein großer Suppenkessel mit einem wunderschönen blonden Mädchen drinnen. Und wie der Wilde das Feuer hat, geht er zu dem Suppenkessel und zündet an. Wumm! Es gibt eine Stichflamme. Das Mädchen im Kessel wirft die Arme hoch, der Wilde schleift die Messer und der Vorhang fällt ganz langsam . . .»

«So etwas kommt überhaupt nicht in Frage!» rief Kroeber empört. «So etwas werde ich nie zulassen.»

«Das Mädchen, Herr Professor, das wird natürlich nicht echt gekocht», beruhigte der Impresario den Professor. «Ich will Ihnen sagen, wie der Trick geht: der Suppentopf ist nach hinten offen und da kann das Mädchen jederzeit

dichein auf den Parnassus Heights. Da waren Wanderzirkusinhaber, Schausteller, die Ishi auf Jahrmärkten und ähnlichen Veranstaltungen gegen Geld besichtigen lassen wollten. Ja, eine Trapezgruppe, die von Ishis Leben im Cañon gelesen hatte, fragte an, ob er nicht seine Kunststücke am Seil in ihre Nummer mit einbauen könnte. Filmleute wollten mit Ishi drehen, und einer wollte Ishi sogar in einem Guckkastenunternehmen herzeigen, in dem man sonst nur nackte Frauen bewundern konnte.

Von all dem Wirbel um ihn herum blieb Ishi unberührt. Erstens erfuhr er nichts davon, welche begehrte Persönlichkeit er inzwischen geworden war, zweitens hätte er kaum verstanden, was man mit ihm beabsichtigte.

Er begriff auch nicht, was ein Journalist von ihm wollte, der ohne Pause auf ihn einsprach und seine Worte mit weit ausholenden Gesten, die Ishi an die ersten Flugversuche eines jungen Adlers am Waganupa erinnerten, begleitete. Batwi kam und dolmetschte ein bißchen. Nur, Ishi verstand noch immer nicht. Wie sollte er auch verstehen, was Unterhaltung war, was Varieté, was Schau? Der Journalist wollte nur, daß Ishi sich alles ansehe, er bekäme einen prima Logenplatz. Batwi könne auch mit, und über Ishis Eindrücke vom Theater wollte er eine schöne Story schreiben.

Ishi begriff fast nichs und verlangte, daß Kroeber entscheiden solle. Kroeber war sein «big chiep», und was Kroeber, zu dem er schnell Vertrauen gefaßt hatte, weil er so viele Yanawörter kannte, sagen würde, sei schon recht.

Kroeber fand nun, daß es vielleicht ganz gut sei, wenn Ishi einmal sehen könne, was andere mit ihm vorhatten, und stimmte dem Vorschlag des Journalisten zu. Der besorgte die Karten für eine Loge. Und so brach am nächsten Abend

eine kleine Gruppe von Parnassus Heights zum Varietétheater auf. Kroeber und Waterman, den Ishi Watamany nannte, waren mit von der Partie.
Der Journalist war zunächst sehr enttäuscht, denn Ishi interessierte sich nicht im geringsten für das, was auf der Bühne vor sich ging, auch wenn die Mädchen unten noch so schön waren. Er schaute während der ersten beiden Nummern nur in den Zuschauerraum, weil da dicht neben- und auch übereinander so viele Menschen in einem Raum waren. Das kannte er nicht. Das hatte er sich bisher nicht vorstellen können.
Von welchem Zauber waren die vielen Weißen ergriffen, was bannte sie, warum sahen sie alle in eine Richtung? Er begriff es nicht, denn was sich auf der Bühne abspielte, konnte nicht der Grund sein. Warteten sie auf etwas? Würde da unten ganz überraschend etwas geschehen? Etwa ein Dämon auftauchen, gar der riesige, der Feuer fraß und Rauch und Funken spie?
Ab und zu stürzte ein auffallend gekleideter Mann auf die Bühne, unterbrach die Vorstellung und machte, ohne daß Ishi verstand, auf ihn aufmerksam.
«Und dort oben in der Loge ihr alle seht
den Indianer von der Universität.»
Dann klatschten die Leute und winkten Ishi zu, und er winkte zurück, weil er sich dazu verpflichtet fühlte.
Der Mann verschwand, und die Vorstellung ging weiter; die Gesichter wandten sich wiederum von Ishi ab, und er konnte in Ruhe überlegen. «Hansi saltu», flüsterte er und begriff nicht, warum die Leute hierhergekommen waren, warum sie sich derart zusammenpferchen ließen, wie die Eicheln in einen Vorratskorb oder wie getrocknete Lachse.
Wieder stürzte der Reim-dich-oder-ich-freß-dich-Mann,

der in einem anderen Akt als Schnelldichter auftrat, auf die Bühne und schrie:
«Damit ihr alle seid im Bilde,
dort sitzt Kaliforniens letzter Wilde!»
Das fanden die Leute herrlich, und sie brachten Ishi Ovationen dar.

Batwi hatte es aufgegeben, Ishi für das Geschehen auf der Bühne zu interessieren, er selbst genoß jetzt nur noch die Darbietungen und fühlte sich wie immer über Ishi sehr erhaben. Außerdem fand er, der Dichter könnte auch über ihn etwas sagen. Aber so oft er auch auf die Bühne stürzte, immer hatte er nur Verse und Reime für Ishi übrig. So auch am Schluß: Da schrie er in die schon aufbrechende Menge hinein:
«Wir wollen jetzt nach Hause gehn,
Ishi könnt ihr demnächst im Museum sehn.»

Daheim in seinem Zimmer entledigte sich Ishi seines Anzuges, nahm den Schlips ab und öffnete den gestärkten Kragen. Er wusch seine Füße, die Unart der Weißen, in Schuhen zu laufen, hatte er sich noch immer nicht angewöhnt, trocknete sie sorgfältig, schüttete das Seifenwasser weg, reinigte die Waschschüssel, hing das Frottiertuch über einen weiß emaillierten Bügel. Seine neueste Errungenschaft war ein kleiner Teppich vor dem Bett, den Kroeber, der «mudjaupa», aufgetrieben hatte.

Ishi wußte, Waterman, der ihn geholt hatte, Waterman, der keine Angst vor dem riesigen Dämon hatte, diesem Dämon, der sich in die Spur zwingen ließ, die die Weißen eigens für ihn gebaut hatten, Waterman hatte viel zu sagen, allen anderen, die im Museum beschäftigt waren, aber

dann war noch Kroeber da, der hatte auch Waterman etwas zu sagen.
Und das war nicht nur deshalb, weil Kroeber der ältere war. Man konnte es auch daran erkennen, daß Waterman einen kleinen Bart hatte, genau zwischen der Oberlippe und den Nasenlöchern. Kroeber hingegen hatte einen Vollbart, von den Schläfen die Wangen hinunter bis übers Kinn.
Batwi hingegen, diese Schande der Yana, der sich mit den unendlich feigen Maidu eingelassen hatte, Batwi, der die Weißen, die anderen, die «saltu» nachäffte, wo er nur konnte, Batwi trug einen Kinnbart, der schon weiß wurde, obwohl er eigentlich hätte wissen müssen, daß auch nur ein einziges Barthaar im Gesicht eines Indianers eine Schande war. Batwi war kein echter Yana. Er war zur Hälfte Maidu. Er war wohl zu wehleidig, sich – wie Ishi es tat – jedes Barthaar auszuzupfen. Und außerdem war er schlecht erzogen worden, oder er hatte alles vergessen. Batwi trug auch kein Hölzchen im Nasensteg. Obwohl er wissen mußte, daß es Kräfte der Abwehr besaß und einen Mann stark machte. Hatte man Schnupfen, wechselte man das Stöckchen einfach mit einem Lorbeerblatt, einem fein säuberlich zusammengerollten, oder einem Wacholderzweig, was das Atmen ungemein erleichterte.
Batwi konnte auch nicht den Boden sehen, weil er Schuhe trug. Schuhe wie die Weißen, hohe, über die Knöchel hinauf. Und darunter hatte er graue wollene Socken. Wie konnten seine Zehen da fühlen, was auf ihn zukam? Und wußte er nicht, daß man die große Zehe hatte, um sie mit den Händen zusammen arbeiten zu lassen?
Oh, die Wege an den Hängen des Waganupa! Die Wege, die keiner kannte, Wege in Bächen, in kleinen Flüssen. Die

Manzanitabeeren im Sommer! Die Frauen sammelten sie in Körben und brachten sie zu den versteckten Hütten. Und sie lachten und lärmten nicht, nur manchmal sangen sie leise, traurige Lieder von den Tieren im Wald, von den geräuschlosen Schritten der Yahi, und von dem Mädchen, das auf einen Jäger wartete, so lange, bis es zum Baum wurde.

Ishi kauerte sich hin und summte ein Lied. Batwi kannte keine Lieder, nur ein paar Worte, und manche sprach er schlecht aus, schlechter als ein Weißer. Und Batwi hatte ihm eine Flasche gezeigt mit einer braunen, klaren Flüssigkeit. So klar wie die Yahifrauen die Suppen in ihren Körben gekocht hatten. Und er war so dumm gewesen und hatte einen Schluck versucht. Versucht und sofort wieder ausgespuckt, denn es brannte auf dem Gaumen und an der Zunge, und Batwi hatte gelacht und gelacht und die Hände auf seinen Schenkel geschlagen. Also hatte er auch nicht gelernt oder es wieder vergessen, seine Hände ruhig zu halten. Ein echter Yana und besonders ein Yahi brauchte nicht seine Hände, um zu lachen und zu sprechen. Wie sollte er seine Hände sonst beherrschen, wenn er den Bogen spannte, wenn er zum Stoß mit der Harpune nach dem Lachs ansetzte?

Trotzdem ging Ishi am nächsten Tag wieder mit Batwi zum Essen in die kleine Pension am Fuß von Parnassus Heights. Das ältere, kinderlose Ehepaar, dem diese Pension mit dem winzigen Restaurant gehörte, machte keine Unterschiede zwischen seinen Gästen. Sie bedienten den barfüßigen Ishi genau so freundlich, so langsam und so umständlich wie einen Weißen.

Ishi ging gern dorthin. Er hatte gelernt, zwischen Lunch und Dinner zu unterscheiden und er wußte auch schon,

wie drei, vier verschiedene Speisen hießen. Eine große Karte zur Auswahl gab es allerdings nicht. Man aß, was auf den Tisch gestellt wurde. Und im Grunde war es auch nur ein etwas erweitertes familiäres Essen.
Die Suppen liebte er, wenn sie klar waren. Sie erinnerten ihn an daheim. Die Frauen hatten in ihren Körben immer nur klare Suppen gekocht. Bei gebundenen Suppen tat er sich schwerer. Auch das Fleisch schien ihm manchmal zu lange gekocht oder gebraten, es war labbrig und weich und nicht kernig. Fleisch war etwas zum Beißen, und es durfte auf keinen Fall so sein, daß man es zwischen Zunge und Gaumen zerquetschen konnte. Trotzdem liebte er das kleine Speisehaus mit dem veralteten Mobiliar, seinen etwas wackeligen, knarrenden Stühlen und den ebenfalls nicht ganz standfesten Tischen mit den weißgescheuerten Holzplatten.
Die alten Leute erwiderten sein Lächeln und fragten nicht andauernd auf ihn ein, das war sehr angenehm. Sie hatten ihn schon am ersten Tag angesehen, als wäre er ein Weißer und hätte nichts Auffälliges an sich. Sie übersahen auch, daß er ohne Schuhe kam, was allen anderen Weißen offenbar sehr schwer fiel. Sie rissen die Augen auf und brachten den Mund nicht mehr zu, wenn sie entdeckten, daß er vom Hals bis zu den Knöcheln korrekt gekleidet war, nur unterhalb der Knöchel nicht.
Aber war das alte Ehepaar im Speisehaus nicht der Beweis? Wenn der Mann oder die Frau mit zwei Tellern Suppe auf sie zukam, wie ungeschickt waren da ihre Füße, weil ihre Zehen nicht den Weg erkunden konnten und ihre Augen über die Tellerränder hinweg immer den Boden suchen mußten. Wie hätten sie da erst nachts durch den Wald gleiten können, da einem nur die Füße sagen konnten, wie

der Boden unter dem nächsten Schritt beschaffen sein würde.
Heute gab es Nudelsuppe, und Ishi schämte sich, ansehen zu müssen, wie einige Nudeln im Bart von Batwi hingen, als wären sie aus seiner Haut gesprossen. Außerdem schlürfte Batwi entsetzlich, wenn er die Suppe löffelte. Dann gab es auf einem anderen Teller – über den zweiten, den flachen Teller freute sich Ishi immer besonders – gekochtes Fleisch mit kleingehackten, dick eingekochten grünen Blättern, die Batwi Spinat nannte, dazu Kartoffeln. Er spürte auch etwas Zwiebelgeschmack aus den Blättern, und er aß brav alles, was er bekam, nur, das Fleisch war wieder zu lange gekocht und die Blätter auch. Den Pudding, den sie als Nachspeise bekamen, rührte er nicht an. Batwi schlang ihn hinunter.
Fröhlich mit Batwi plappernd, ging er dann den noch unverbauten Hügel hinauf, der von verwildertem Grün bewachsen war. Manchmal spielten Kinder hier, wie ihm schien, entsetzlich laute Spiele. Sie lärmten und schrien, daß ihnen die Adern am Hals anschwollen.
Yahikinder hätten nie so geschrien. Für ein Yahikind war es gefährlich zu schreien. Alle Yahikinder wußten, draußen streiften die Weißen umher und suchten die Yahi und schossen auf sie, wie sie ihnen vor das Gewehr kamen. Auch die weißen Kinder schossen aufeinander, und manche fielen um, tot. Das erstemal, als er das vor einigen Tagen gesehen hatte, war er hinzugestürzt, entsetzt und zutiefst erschrocken, daß schon die weißen Kinder töteten, aber als das «tote» Kind die Augen aufschlug und den «Wilden», der nichts als helfen wollte, über sich sah, erschrak es derart, daß es um Hilfe schreiend Hals über Kopf davonstürzte.

Ishi begriff das nicht, oder besser gesagt, er begriff es noch nicht. Das Kind hatte sich vor den weißen Kindern, die schossen, nicht gefürchtet, vor ihm aber, der keine Waffe trug, schon. Heute erschrak er nicht mehr, wenn die Kinder aufeinander schossen. Es stimmte ihn nur traurig. Sie üben, sagte er sich, sie üben, um später auf Indianer zu schießen.

Im Museum wurde er sofort gebraucht. Und zwar von Professor Kroeber, dem mudjaupa.

Kroeber versuchte Ishi klarzumachen, daß ein Fest bevorstand. Es ging um das Haus, und es würden viele, viele Leute kommen ...

«Hansi saltu?»

Kroeber nickte. Viele andere, viele Nichtindianer. Und alle gleichzeitig. Oh, es war richtig schwer, Ishi klarzumachen, was ihm bevorstand. Ishi sollte nämlich beim Empfang dabei sein und viele Leute kennenlernen. Die Leute würden bei der Tür unten hereinkommen, und am Eingang zur Aula sollte auch er in der Empfangsreihe stehen, mit dem Präsidenten der Universität, Benjamin Ide Wheeler, und mit Mrs. Phoebe Apperson Hearst, der eigentlichen Gründerin des Museums. Ob er auch in dieser Reihe stehen wolle?

Ishis angestrengtes Bemühen, Kroeber zu verstehen, war zu erkennen, jedoch was Kroeber ihm geschildert hatte, war für ihn so unvorstellbar, daß Kroeber ihm zunickte, daß es gut sei, er würde ihn nicht weiter belästigen.

Gerade als Ishi gehen wollte, stürzte nach kurzem Anklopfen ein beleibter rundlicher Mann herein, der von der «California Motion Picture Corporation» kam. Er lief auf den Professor zu und fragte ziemlich laut: «Professor Kroeber? Wir haben telefoniert. Sie wissen doch. Mein

Name ist Brown. Es geht um Ihren letzten wilden Indianer.»
Kroeber schien sich den Mann von C.M.P.C. etwas anders vorgestellt zu haben, denn er brauchte einige Zeit, bis er sich an das Gespräch entsann. Dann stellte er dem offensichtlich rastlosen Mr. Brown Mr. Ishi vor.
Der Filmmann schoß auf Ishi zu und schüttelte ihm die Hand, als wolle er sie niemals wieder loslassen oder als verwechsle er seinen Arm mit einem Pumpenschwengel. Ishi stand sichtlich erschrocken, ja entsetzt da und überließ den rechten Arm willenlos dem Fremden.
Als Mr. Brown losgelassen hatte, dachte Kroeber einen Augenblick lang, Ishis rechtes Schultergelenk sei ausgerenkt, weil er den Arm weiterhin in einem bestimmten Winkel vom Körper hielt, und er zeige nur deshalb kein Anzeichen von Schmerz, weil er den Fremden nicht bloßstellen wollte. Er atmete erleichtert auf, als Ishi endlich den rechten Arm sinken ließ und die Hände vor sich verschränkte.
«Es sollte ein wissenschaftlicher Film werden, Sie erinnern sich doch, Professor. Die Fertigkeiten verschiedenster Art, die ein Ureinwohner Amerikas beherrscht, sollten gezeigt werden.»
«Ich weiß, ich erinnere mich jetzt wieder. Natürlich. Aber Sie können unmöglich vor unserer Eröffnung zu drehen beginnen. Erst nachher. Mr. Ishi muß erst einmal ein bißchen zur Ruhe kommen. Ich melde mich, wenn ich den Zeitpunkt für richtig finde.»
«Einverstanden, aber nicht zu spät, Professor.» So schnell, wie er hereingestürzt war, war der dickliche Mann auch wieder draußen.
Ishi sah ihm nach, schickte einen fragenden Blick zu Pro-

fessor Kroeber und betrachtete dann lange und eingehend jeden einzelnen Finger seiner rechten Hand.
Kroeber war es, als zählte er sie. Und als er fand, daß alle noch da waren und keiner verletzt war, strahlte er und ging.
Später kam Waterman zu Kroeber herein. Er war von Berkeley herübergekommen, um wieder einmal nach Ishi zu sehen. Ob es mit Ishi und Batwi gut ging?
«Es gibt keinen Streit zwischen den beiden, weil Ishi zu gut erzogen ist», antwortete Kroeber, «aber das ist im Augenblick gar nicht so sehr das Problem.»
«Hat er genug zu essen?»
«Ja, auch das. Ab und zu geht er mit Batwi zum Lunch, und er war auch schon bei uns daheim zum Essen.»
«Was sagen Sie zu seinem Benehmen?»
«Perfekt. Meine Frau hat ihn sehr gelobt. Für die Kinder war er allerdings zunächst eine Enttäuschung, sie hatten sich offensichtlich beträchtlich mehr Wildheit erhofft. Ja, und ab und zu geht er auch ins Krankenhaus hinüber. Er hält sich gern in der Küche auf und guckt in die Töpfe. Der Verwalter sagte mir, er habe das Gefühl, daß er den Köchinnen Ratschläge gebe, wie sie besser kochen könnten oder richtiger. Zum Glück verstehen die robusten Damen das nicht. Ganz besonders soll ihn die Diätküche interessieren. Wahrscheinlich erkennt er ihren besonderen Stellenwert.»
«Man müßte ihn viel mehr ausfragen. Ich glaube, wir kämen auf ganz überraschende Dinge.»
«Kommen wir noch», beruhigte ihn Kroeber, «im Augenblick geht es um den Empfang. Wo geben wir Ishi hin?»
«Stecken Sie ihn in einen Käfig», scherzte Waterman, «damit niemand an ihn rankommt. Wenn ich da an einige

der Frauen der Kuratoriumsmitglieder denke, die sicherlich bei Ishi das Gruseln lernen wollen. Ich hab' beinahe ein bißchen Angst um ihn.»

«Erst vorhin ist er von einem Filmmenschen überschwenglich begrüßt worden. Der Mann merkte nicht, wie entsetzt Ishi über sein heftiges Händeschütteln war. Ich hätte von mir aus keine Bedenken, Ishi mit in die Empfangsreihe zu stellen, nur . . .»

«Tun Sie's nicht», bat Waterman, «er ist noch zuwenig lange hier. Er ist die Freundlichkeit der Weißen nicht gewohnt, ich würde ihn in einem kleineren Nebenraum unterbringen, von dem aus er freien Blick zum Empfangskomitee hat. Da kann er sich dann nach Herzenslust vergnügen, wenn er zusieht, wie komisch und uniform wir Weißen einander begrüßen. Sie können dann ja immer noch den einen oder anderen zu Ishi bringen. Wir geben ihm damit das Gefühl, daß er etwas Besonderes ist, der nicht für jedermann zum Händedruck bereitsteht.»

Kroeber bat Waterman, Ishi den Empfang und das ganze damit verbundene Zeremoniell zu erklären. Waterman fand Ishi im zweiten Stockwerk, wo er gerade mit Hingabe und Lust Türklinken und -beschläge aus Messing putzte, offenbar so lange, bis sich sein Gesicht darin spiegelte.

«Ishi!» rief Waterman, «komm, alter Bursche, wir sehen uns das Haus unten an.»

Aber so schnell ließ sich Ishi nicht von seiner Arbeit abbringen, er wollte seine Leistungen gewürdigt sehen. Er deutete auf das blanke Messing, und erst als Waterman ihn lobte, stellte er das Putzen ein.

Unten spielte Waterman Ishi den Empfang vor. Er zeigte, wie die Leute die Treppe heraufkommen würden, immer mit anderen Schritten und in anderer Haltung, er schleppte

sich hoch und stöhnte, er kam mit wiegenden Hüften herauf, er stampfte auf wie ein Elefant.
Ishi begriff. Watamany war immer ein anderer saltu.
Und jetzt deutete Waterman die Empfangsreihe an, den Präsidenten, Mrs. Hearst, Professor Kroeber, was Ishi ebenfalls köstlich fand. Und nun ging er mit Ishi in den ersten Raum links, von dem aus man sehr gut zur Empfangsreihe hinsehen konnte, wenn man den entsprechenden Platz bezog, von hier aus, aus der Distanz, die Ishi so liebte, konnte er wunderbar alles beobachten. Er versäumte gar nichts. Nur ab und zu würde ein saltu, von Kroeber geführt, zu ihm kommen. O.k.?
Ishi nickte. Irgendwie schien er eine Ahnung von dem zu haben, was ihm bevorstand. Waterman ging anschließend noch mit in Ishis Zimmer und ließ sich zeigen, was er anzuziehen gedenke. Ishi wies seine besten Sachen vor. Auch die blau und grau gestreifte Krawatte. «O.k.?» fragte jetzt er und lächelte.
«O.k.», sagte Waterman. Ob er Ishi nochmal zeigen sollte, wie er den Schlips binden mußte?
Ishi schüttelte den Kopf, das wisse er noch. In Knoten war er Spezialist. Und um Watamany nicht im unklaren zu lassen, nahm er den Schlips und schlang den Knoten.
Waterman nickte und schüttelte anschließend den Kopf. Einmal hatte er Ishi gezeigt, wie er den Knoten binden müsse. Und als er es nochmals, und zwar langsamer wiederholen wollte, hatte Ishi abgewunken, sich die Krawatte umgelegt und gezeigt, daß er es ohnehin schon könne.
Jetzt warteten alle auf den großen Empfang, der ein großer Tag vor allem für Mrs. Hearst werden würde, aber natürlich auch für Kroeber und für Ishi. Nun ja, und wenn er es ganz genau nahm, dann auch für Waterman.

Bevor Ishi sich auf seinem Platz einfand, machte er noch einen Rundgang durch das Haus. Und da fand er im ersten Stock an einem Türbeschlag tatsächlich einen ganz frischen Fingerabdruck. Er holte sein Taschentuch aus der Hosentasche und wischte den Makel weg. Dann stieg er langsam die Treppe hinunter in den großen Saal, wo jetzt lange Tische mit weißen Tüchern bedeckt waren, und darauf standen eine Unmenge von Gläsern.
Professor Kroeber holte seine Uhr aus der Westentasche, ließ den Deckel aufspringen, schnappte den Deckel wieder zu und steckte die Uhr wieder ein. Ishi begriff, daß der Professor erregt war, ebenso Mrs. Hearst, die sich noch schnell in eine Ecke zurückzog, einen Spiegel aus ihrem Täschchen zog und sich kritisch betrachtete, dann bestäubte sie sich das Gesicht, wahrscheinlich, um blasser auszusehen, als sie in Wirklichkeit war. Kaum hatte sie die Puderdose weggesteckt, öffnete der Pförtner unten zum erstenmal das Tor. Ein Mann und eine Frau traten ein und kamen die Treppe herauf, wie Waterman es Ishi vor einigen Tagen gezeigt hatte. Oben hatte sich schnell die Empfangsreihe formiert. Die Begrüßung begann.
Ishi lief lautlos in das für ihn vorgesehene Zimmer und stand ruhig mit verschränkten Händen da. Als Kroeber ihn auf seinem Platz entdeckte und ihm aufmunternd zuwinkte, verneigte sich Ishi und lächelte.
Da kamen schon die nächsten Gäste. Das Tor des Museums ging fast nicht mehr zu.
Ishi stand auf seinem Platz und beobachtete alles. Es gab, obwohl sich fast immer das gleiche abspielte, doch sehr unterschiedliche Begrüßungen. Ishi begriff, daß die einen Freunde waren, die anderen nur flüchtige Bekannte, er erkannte auch am Verhalten der Personen in der Emp-

fangsreihe den Rang des Gastes, der gerade begrüßt wurde. Und manchmal, bei besonderen Gästen, verließ Kroeber seine Reihe und ging mit dem Gast oder den Gästen zu Ishi hinüber.
Er verstand, daß der mudjaupa «Mister Ishi» sagte und dann den Namen des Gastes. Und Ishi versuchte den Namen zu verstehen und nachzusprechen und sich das Gesicht zu merken, das zu dem Namen gehörte, und dazu zu lächeln. Er hatte nicht den Eindruck, daß das die richtigen Namen der Weißen waren, dafür war in seinem Denken kein Raum. Namen sprach man einfach nicht aus, und man fragte nicht nach ihnen. Wahrscheinlich sagten die Weißen nur ihre Spitz- oder Kosenamen, um damit ihren eigentlichen Namen zu schützen und ihn vor ihm, ganz wie es sich gehörte, zu verbergen.
Nach dem zehnten Gast etwa war er schon so sicher, daß er Kroeber in Yana nach dem Namen der Leute fragte: «Achi djeyauna?» Wie ist sein Name? Wie heißt er?
Kroeber lächelte und sprach den Namen sehr genau aus. Ishi wiederholte ihn und lächelte und reichte seine Hand, weil sie ihm gereicht wurde.
Brachte Kroeber eine jüngere Frau mit, die vielleicht auch hübsch war, spielte sich alles ab wie sonst, nur errötete dann Ishi noch.
«Er scheint einen großen Wert auf Namen zu legen», sagte eine Dame im Weggehen, «nicht wahr, Professor?»
«Für ihn sind Namen etwas Besonderes, deshalb haben sie für ihn einen gewissen Reiz. Er selbst würde seinen Namen nie sagen.»
«Oh, und warum denn nicht?»
«Weil es sich für einen gut erzogenen Yahi nicht gehört. Professor Waterman und mich spricht er ebenfalls nicht

mit Namen an, nur wenn wir nicht dabei sind, nennt er unsere Namen. Meinen bei Waterman und Watermans bei mir. Er überwindet sich sehr, wenn er hier nach den Namen fragt, bei seinesgleichen wäre das unstatthaft.»
«Ja, aber warum nur?»
«Sicherlich deshalb, weil der Name für ihn eine magische Formel ist, die Schutz gewährt. Wir tun das unbewußt, wenn wir unseren Kindern biblische oder Heiligennamen geben oder die Namen von Menschen, die Großes geleistet haben.»
«Wie Sie über die Dinge nachdenken!» sagte die Dame, und der Professor stellte sich wieder zu den anderen.
Zuletzt waren an die tausend Gäste im Haus. Eine unvorstellbare Zahl für Ishi, der lange Jahre in einer Welt gelebt hatte, in der es nur zwölf oder fünfzehn Menschen gab, dann nur fünf und zuletzt nur ihn.
Waterman kam mit seiner Frau zu ihm, und Ishi freute sich offensichtlich, unter den vielen Fremden auch ein bekanntes Gesicht zu sehen.
Sie fragte ihn, wie ihm der Trubel gefiele, und er antwortete in Yana, und Waterman übersetzte, daß es ihm gut gefiele.
Er kannte auch solche Feste, als sie noch mehrere Yahi waren. Bei einem Fest hätten sie auch die Fertigstellung eines neuen Winterhauses gefeiert, da waren sie viele. Sehr viele sogar. Wie viele?
Fünfzig ungefähr.
Ishi versuchte, sein Lächeln im Gesicht zu bewahren, obwohl er sich plötzlich erinnerte, wie diese Feier zu Ende gegangen war.
Seine Mutter hatte ihn damals ins Dunkel gerissen, bevor der Knall des ersten Schusses sie erreichte. Sie hatte die

Gefahr gespürt und leider nicht alle rechtzeitig warnen können.
Im Weggehen sagte Frau Waterman zu ihrem Mann: «Hast du dir jetzt seine Hände angesehen, wie schön sie sind?»
«Mein Gott», rief Waterman, «jetzt hab ich das wieder vergessen.»
«Und erst seine Füße, ich glaube, keiner von den anwesenden Professoren, Regierungsbeamten, Regierungsmitgliedern, Künstlern und Geldleuten könnte so unbefangen seine Füße herzeigen wie Ishi. Ich gehe jede Wette ein, daß keiner ohne Schuhe so selbstsicher dastehen könnte wie er. Wie würdest du dich fühlen, barfuß unter all diesen Leuten, barfuß im Museum, hm?»
«Ich würde winselnd hinter dir herkriechen», sagte Waterman, «und wahrscheinlich den anderen Leuten die Schuhe anknabbern.»
«Thomas», schalt sie ihn, «sei doch einmal ernst.»
Sie kamen an einer Gruppe vorbei, in der man auch über Ishi sprach.
«Dafür», sagte eine ältere Dame, «dafür, daß er erst zwei Wochen unter kultivierten Leuten ist, dafür hat er schon eine Menge angenommen. Finden Sie nicht auch?»
Der Herr, der offenbar zu ihr gehörte, nahm einen Schluck und meinte, daß man ihm wenigstens Schuhe hätte verpassen können.
Waterman faßte seine Frau am Arm und drückte ihn ziemlich heftig.
Sie sah ihn an und wußte, daß er ihre Erlaubnis für etwas wollte, das er tun mußte. Und sie nickte ihm zu.
«Verzeihung», begann er, «daß ich mich einmische. Ich bin Professor Waterman, und Sie sprachen gerade von unse-

rem Freund Ishi. Zunächst die Frage der Schuhe. Ich war dabei in Oroville, als Ishi das erstemal in seinem Leben Schuhe probierte. Ishi kann keine Schuhe tragen, weil ... und jetzt werden Sie sicher lachen, weil seine Füße im Lauf seines Lebens, er ist ungefähr fünfzig, zu zart für Schuhe geworden sind. Haben Sie sich seine schönen Zehen angesehen? Ich glaube, er hat die gesündesten Füße von uns allen.»

«Und das Kultivierte ...» begann Frau Waterman.

«Meine Frau», stellte der Professor vor.

«... das Kultivierte hat er wohl mitgebracht. Er war am Tag nach seiner Ankunft hier in Frisco unser Gast beim Dinner. Er saß bei dieser Gelegenheit zum erstenmal in seinem Leben an einem Tisch. Er aß zum erstenmal mit Messer und Gabel. Er tat das alles so geschickt und gewandt, daß ich ihn immer dafür bewundern werde.»

«Nein», sagte die Dame, «aber wie kommt das?»

«Sehen Sie sich seine Hände an», sagte Thomas Talbot Waterman. «Er hat die geschicktesten Hände, die ich je gesehen habe. Und wenn man die Yana kennt, das ist die Überfamilie der Yahi, und weiß, wie sie sich mit den Mitteln, die ihnen zur Verfügung standen, behalfen, dann haben sie das alles äußerst geschickt gemeistert. Die Yahi kennen zum Beispiel kein Tongeschirr.»

«Nein!» rief ein anderer Herr, der zu dieser Gruppe gehörte. «Wie haben ihre Frauen dann das Wasser aus den Flüssen geholt?»

«In Körben», sagte Waterman todernst. «Sie werden es nicht glauben. Aber sie haben in Körben Wasser geholt.»

«Da mußten sich die armen Frauen aber sehr beeilen, um noch ein paar Tropfen zum Dorf zu bringen», meinte eine Dame.

«Eben nicht. Sie haben sogar in Körben gekocht.»
«Da müssen die Körbe aber verbrannt sein.»
«Eben nicht», sagte Waterman wiederum. Er zog seine Frau an sich, weil sich um sie ein Kreis von Zuhörern gebildet hatte. «Sie haben Körbe aus feinen Binsen geflochten und dann innen, nicht außen, mit Kiefernharz verschmiert und wasserdicht gemacht. Stellen Sie sich vor, wie ein Mensch des zwanzigsten Jahrhunderts dastünde, würde er durch eine Katastrophe gleich Robinson in ähnliche Verhältnisse zurückgeworfen. Würde unser Hirn noch einmal diese Erfindung machen können? Ich weiß es nicht genau . . .»
«Nun gut, der Wassertransport in Körben ist gelöst. Aber wie haben sie darin gekocht? Ein mit Harz verschmierter Binsenkorb beginnt über der offenen Flamme mit Sicherheit zu brennen.»
«Sie haben ihre Körbe nicht über das Feuer gehalten», antwortete Waterman. «Sie haben sozusagen den Tauchsieder erfunden. Sie machten Steine so glühend heiß, daß ein paar davon genügten, um das Wasser in den Körben zum Kochen zu bringen.»
«Nein», rief eine Dame, «das ist ja geradezu genial. Ich muß diesem Mann noch einmal die Hand drücken!»
Sie brachen alle zu dem sichtlich erstaunten Ishi auf. Und Waterman erklärte Ishi, so gut er konnte, warum er jetzt ein bißchen gefeiert würde.
«Achi djeyauna?» fragte er und wurde rot, als ihm die Dame beide Hände gleichzeitig schüttelte.
«Mrs. Ferguson», sagte Waterman.
«Und was sagt sie?» fragte Ishi, als Mrs. Ferguson sagte: «Wir haben jetzt alle viel gelernt durch Professor Waterman. Ich glaube, es hat uns weniger hochmütig gemacht

und weniger voreingenommen. Mr. Ishi, ich lade Sie herzlich ein.»
Ishi war noch immer röter als sonst.
«Was hat sie gesagt?» fragte er Waterman.
Waterman erklärte ihm halb in Yana und halb in Englisch, was gesagt worden war. Ishi empfand mehr, als er es verstand, daß die Worte nicht unfreundlich gemeint waren. Er verstand, daß er eingeladen war, und nahm nach einem fragenden Blick zu Waterman die Einladung an.
«Und er darf auch ohne Schuhe kommen?» erkundigte sich der Professor.
«Selbstverständlich», sagte Mrs. Ferguson bedeutsam. «Ohne Schuhe.»

Lerne deine Schritte, hatte Vater am Anfang gesagt. Und er war mit ihm vom Winterplatz weg in den Föhrenwald gegangen. Hie und da hatte er einen Föhrenzapfen aufgehoben, ihm einen Stein gezeigt, eine kleine Höhle, in der Vorräte versteckt waren, und hin und wieder einen Baum, in dem vor Regen geschützt ein Vorratskorb der Yahi hing. Lerne deine Schritte.
Am nächsten Tag mußte er, Ishi, den gleichen Weg finden. Er fand die Höhle und die Bäume, bis auf einen. Vater hatte ihm trotzdem auf die Schulter geklopft.
Am folgenden Tag waren sie eine weitere Strecke gegangen, lautlos, wie es die Art der Yahi war. Sie machten lieber einen Umweg, ehe sie im Dickicht einen Zweig brachen oder gar mehrere. Vater erinnerte sich. Zuerst waren die Weißen einzeln gekommen, sie sickerten ins Indianerland wie einzelne Regentropfen in das Fell eines Hundes. Dann aber war plötzlich der große Strom gekom-

men, der sich überall breitmachte, in den Tälern, an den Flüssen, und von da stieg es die Berge hinauf, eine Flut, der niemand Einhalt gebieten konnte. Und es waren die unsäglich feigen Maidu gewesen, die Talindianer, die für das Leben in den Bergen zu ängstlich und zu faul waren, die die Weißen vor den tapferen Yahi und Yana gewarnt hatten. Weil sie selbst ängstlich waren, hatten sie die Weißen ängstlich gemacht und schaurige Geschichten über die Yahi erzählt.
Was war davon wahr? Im späten Winter oder am Beginn des Frühjahrs, aber auch nur, wenn der Winter besonders hart und lang gewesen war, da waren die Yahi manchmal die Berge hinuntergestiegen und ins breite Tal des Sacramento gekommen und hatten sich von den Maidu geholt, was sie brauchten. Nicht mehr. Sie hatten nur das genommen, was sie benötigten, um zu überleben. Um die Zeit zu überbrücken, bis der Klee wieder grün und saftig war und es die ersten frischen wilden Zwiebeln gab.
Die Maidu waren nicht fähig, zu leben wie die Yahi. Sie liefen vor dem Geräusch eines brechenden Astes davon. Sie konnten den Bogen kaum halten, und sie fischten mit dem Netz und nicht mit der Harpune, die ein scharfes Auge und einen starken Arm verlangte, denn der Fisch stand immer anderswo, als man ihn sah.
Und da die Maidu zu feige und zu schwach waren, um sich zu rächen oder das Geraubte zurückzuholen, hatten sie die Weißen als Rächer geschickt und den Siedlern eingeredet, sie seien erst sicher, wenn es oben in den Bergen keine Yahi mehr gäbe.
«Lerne deine Schritte», hatte auch später der Onkel gesagt. «Wenn ein Blatt zittert, prüfe, warum es zittert, und wenn

ein Ast schwankt, warte, bis du weißt, ob es ein Vogel oder der Wind war.»

Ishi lernte auch in San Francisco seine Schritte, von seinem Zimmer die Schritte ins Museum. Oben im zweiten Stock waren Körbe, wie sie die Yahifrauen geflochten hatten. Körbe aus Binsen mit Harz verkittet, Vorratskörbe, geflochten aus den Wurzeln der Kiefern, Pfeilspitzen aus Obsidian. Bogen aus verschiedenen Hölzern. Es war der Bogen und die Kraft des Mannes, die die Geschwindigkeit des Pfeils bestimmten.

Ishi lernte die vielen Schritte im Museum. Er wußte, wo der Müll hinkam und wohin die schmutzige Wäsche, er kannte mittlerweile die Küche, wo er sich morgens auf einem Gasherd Tee kochte. Er lernte die anderen Beschäftigten im Museum kennen.

Da war sein unmittelbarer Vorgesetzter, Poyser, der Hausmeister, der ungeheuer stolz auf sein Waffenarsenal war, das aus Roßhaarbesen, Reisbesen, Mop, einer Unmenge von Staubtüchern, Handbesen, Müllschaufeln, einem Federwisch, Möbelpolitur und vor allem einem Gummischrubber zum Fensterputzen bestand.

Poyser hütete sein Putzarsenal, als wäre es sein Eigentum, und Ishi, dem Wilden, überließ er anfangs nur die Besen aus Reisstroh, wo doch Ishi so gerne vor allem mit dem Gummischrubber an die Fenster gegangen wäre!

Dann war noch Warburton, der Chefpräparator, da, ein Engländer aus Birmingham, dem man heute noch ansah, daß er bei der Royal British Navy lange Zeit gedient hatte. Mit Warburton oder Worbinna, wie ihn Ishi nannte, fand er schnell Kontakt. Worbinna war fleißig und äußerst geschickt mit den Händen, und er hatte in seinem Raum eine Menge Werkzeug, das Ishi sehr interessierte. Wie ihn alles interessierte, was für die Arbeit mit den Händen geschaffen war oder durch die Arbeit der Hände entstand. Er bewunderte, was der weiße Mann alles erfunden hatte, um die Arbeit der Hände zu erleichtern, und er fand sich oft bei Worbinna ein, um sich ein Werkzeug erklären zu lassen. Am meisten bewunderte er aber die zähe Flüssigkeit in einem Topf, die Worbinna «Leim» nannte und die Holz untrennbar verband.

Dann war da noch ein Mann, etwas anders als die anderen, ein ernster, verschlossener Typ, mit der etwas fanatischen Frömmigkeit eines Sektierers, ein Mann, der Missionar werden wollte, zunächst sich noch im Museum umsah, um einiges für seine spätere Missionstätigkeit zu lernen. Er war lang und hager, ein asketischer Typ, mit den ungeschickten Bewegungen der Großen, hieß Llewellyn Loud, ein Mann aus Wales also, der von den anderen schon deshalb gehänselt wurde, weil sein Englisch sehr viel anders klang als das ihre. Ishi nannte diesen Mann der Einfachheit halber Loudy, und er hatte eine Schwäche für seine salbungsvolle Art zu reden. Loudy war Museumswächter, mit der Aufgabe, Warburton zur Hand zu gehen, wenn er ihn benötigte, aber in Wirklichkeit beschäftigten ihn nur Gott und die schnöde Welt.

Loudy erzählte Ishi von einem Mann, der irgendwo wohnte, wo man nur schwer hingelangte. Und da der Mann einen Bart hatte, konnte er kein Indianer, sondern mußte ein saltu sein. Und es war fürchterlich schwer, in sein Haus zu gelangen. Wenn jemand Loudy ärgerte und Ishi war in der Nähe, dann erfuhr Ishi, daß dieser Mensch ganz bestimmt nicht das Gesicht dieses Mannes werde anschauen dürfen, was Ishi sehr wunderte. Was ging es den alten Mann an, wenn Loudy sich ärgerte?

Erst als Loudy ihm sagte, es würden nur wenige Weiße, sehr wenige Weiße, in das Haus des Mannes gelangen, begann er sich mehr für ihn zu interessieren. Wo war nun wirklich das Haus? Aber das konnte ihm Loudy nicht so genau sagen, nicht den Weg dorthin und nicht, wo es stand, nur daß der Weg schwierig war, aber wie konnte er das wieder wissen, wenn er nicht einmal wußte, wo das Haus stand? Es würden viele Schwarze in diesem Haus sein und viele Indianer, alle die unschuldig Getöteten, die um des Geldes willen hingemordet wurden, die Kinder in den Fabriken von Birmingham und Liverpool, von Detroit, Chicago und Boston und nicht nur die, auch die Bergarbeiter von Wales, sie alle würden in das große Haus kommen, das einem Fürsten oder König gehörte, der größer war als alle anderen.

Ishi rechnete sich aus, daß das Haus mindestens so groß sein müsse wie das Museum, aber in der Stadt hatte er noch grössere Häuser gesehen, die bis in den Himmel ragten. Professor Kroeber hatte sie ihm gezeigt. Freilich, Ishi hatte sie nicht so eindrucksvoll empfunden, die Wände im Cañon um Wowunupo mu tetna waren höher gewesen, und er hatte diese Wände überwunden.

Wenn ihn das nächstemal irgend jemand in die Stadt mitnahm, mußte er Ausschau halten nach dem größten Haus, das war es dann sicherlich.

Auch von einem großen Feuer wußte Loudy zu berichten, in das viele Menschen geworfen werden würden. Mörder und Reiche, die Habsüchtigen und die Geldgierigen, die Landraffer, alle Bankiers und Fabrikanten.

«Auch die Weißen, die die Yana und Yahi ermordet haben?»

«Vor allem die», versprach Loudy, aber er wußte nicht, wo

das Feuer war. Er zeigte nur nach unten, und da begann Ishi zu ahnen, worum es ging. Der Waganupa hatte manchmal eine Rauchfahne gezeigt und aus der Ferne gegrollt. Kein Yahi war je oben gewesen, aber alle wußten, daß der Berg am Gipfel ein großes Loch hatte und daß es da tief, tief hineinging. Bis in den Mittelpunkt der Erde, wo das große Feuer war. Kein Yahi war auf den Waganupa gestiegen, weil es hieß, daß oben die Erddecke immer dünner würde, so dünn, daß sie gerade noch den leichten Schnee tragen konnte.

Wenn Worbinna oder Poyser «Loud the Austere», den strengen Loud, wie sie ihn nannten, mit Ishi zusammensitzen oder -stehen sahen, dann riefen sie: «He, mach unserem braven Indianer keine Angst, laß ihn in Ruhe mit deinem fürchterlichen Gott.»

Aber Loud sah sie nur überlegen an und antwortete: «Auch euch wird Gott fortschleudern aus seinem Angesicht. In die tiefste Hölle wird er euch werfen, zu Asche wird er euch brennen, daß eure Leiber nicht auferstehen werden am Jüngsten Tag.»

Worbinna ließ sich nicht einschüchtern. «Wenn wir je vor Gottes Angesicht gelangen», erwiderte er, «dann wird er uns sagen: Ihr kommt in die besteingerichtete Etage des Himmels, denn ihr habt euch die fürchterlichen Sprüche von Loud the Austere anhören müssen, ärger kann nicht einmal ich euch bestrafen.»

Loudy rollte seine Augen, um furchterregend zu wirken, aber die anderen winkten ab und trollten sich unter schallendem Gelächter.

Ishi verzog sich, weil er spürte, daß Loudy jetzt allein sein wollte. Er wollte es ihm erleichtern, seine Demütigung zu vergessen. Er lief hinüber ins Krankenhaus, wo es im Flur gerade nach Kaffee duftete. Er mochte diesen Duft, obwohl er lieber Tee trank, weil Tee klar war. Kaffee war nicht klar, aber er roch besser. Auch Ishi mußte einsehen, daß es das Vollkommene nur selten gab. Er ging dem Geruch nach, fand eine nur angelehnte Tür, klopfte und stieß die Tür ein bißchen auf.

«Ach, unser Ishi!» riefen die Schwestern, die sich gerade eine kleine Kaffeepause gönnten. Sie luden Ishi ein, sich zu setzen und eine Tasse mitzutrinken.

Ishi war in Gedanken versunken, aber er lächelte, wenn eine der Schwestern das Wort an ihn richtete. Im übrigen hob er die Tasse, wenn sie die Tasse hoben, und er versuchte sie mit ebenso vielen Schlucken zu leeren wie die Schwestern.

Später besuchte er die Kranken. Er hatte gesehen, wie die Ärzte das machten. Er betrat lächelnd das Krankenzimmer, schloß die Tür leise und ging mit verschränkten Fingern von Bett zu Bett, von Patient zu Patient. Er nickte ihnen lächelnd zu und fragte sie in Yana, wie es ihnen gehe, und wünschte ihnen Gesundheit. Die Patienten, Männer wie Frauen, verstanden zwar kein Wort, aber sie wußten, was er meinte. Er meinte es gut, er war eine Seele von Mensch, keiner hatte gewußt, daß ein Wilder so sanft sein konnte. Ob er so etwas wie ein Pfarrer unter den Wilden gewesen war? Wer wusste es?

Besorgt stand Ishi eine Weile vor einer sehr alten, schlafenden Frau. Ihre Augen waren tief eingesunken, die Lippen so blaß wie die übrige Haut. Einen Augenblick lang hatte er den Eindruck, sie sei tot. Er streckte seine Hand aus, mit

der Handfläche nach oben, um am Handrücken zu spüren, ob sie noch atme, denn es war nicht gut, Tote zu berühren, außer bei der Bestattung.
Sie atmete noch schwach. Er sah besorgt die anderen an, die ihn beobachtet hatten, und nickte ihnen mit einem traurigen Blick zu. Als er das Krankenzimmer verlassen hatte, schlug die Frau die Augen auf und fragte nach ihrer Tochter, sie möge doch kommen, damit sie wieder nach Hause könne. Die Alte starb noch am gleichen Tag in den Armen ihrer Tochter, aber die anderen Frauen im Zimmer waren überzeugt, daß Ishi ihr die Kraft gegeben hatte, so lange mit dem Sterben zu warten, bis die Tochter gekommen war.
«Er hat die Hand über sie gehalten», berichtete ein Weiblein, «und uns alle angesehen. Ein Blick, der durch und durch ging. Und kaum war er draußen, hat sie die Augen aufgeschlagen, und jetzt hat sie ihre Tochter doch noch einmal gesehen.»
Ishi suchte noch die Krankenhausküche auf, wo wieder alles viel zu lange gekocht wurde, bis es zu Brei wurde. Kein Wunder, daß die Kranken hier nicht gesund wurden. Schließlich zog es ihn in die Wäscherei. Auch hier war er beliebt. Er half, wo er konnte, und er half mit Freude. Er trug schwere Körbe und stürzte Bottiche um, er wrang Wäschestücke aus, und er schob Bettücher durch die Mangel. Diese Maschine faszinierte ihn. Es war wie Zauberei. Die verschrumpelte Wäsche steckte man an der einen Seite hinein, und auf der anderen kam sie glatt und fein anzugreifen heraus.
Er machte das wie alles sehr geschickt und merkte nicht, daß die Tür aufgegangen war und Professor Kroeber auf ihn zukam. Er riß Ishi von der Mangel zurück, daß er sehr

erschrak, und schalt dann die Leiterin der Wäscherei gehörig aus.
«Diese Arbeit ist für Ishi viel zu gefährlich», brüllte Kroeber. «Sie können das gar nicht verantworten, was Ishi hier geschehen kann. Wenn Sie Ishi noch einmal an die Maschine lassen, dann werde ich dafür sorgen, daß Sie entlassen werden.»
Ishi hatte Kroeber noch nie so erregt gesehen, seine Hautfarbe über dem dunklen Vollbart wurde rot, und einen Augenblick hatte er die Empfindung, Kroeber müsse mit dem großen alten Mann mit Bart, von dem Loudy gesprochen hatte, verwandt sein.
Er ging mit hängendem Kopf hinter Kroeber ins Museum zurück und hatte den Eindruck, etwas getan zu haben, was nur den Weißen vorbehalten war. War es ein Zauber gewesen mit den Tüchern? Und hatte er den Zauber gelernt? Aber warum hatte Kroeber etwas dagegen? Kroeber, von dem er wußte, daß er ihm nichts neidete. Möglich, daß er das auch einmal begreifen würde.
Der Professor hatte es nach langwierigen Bemühungen fertiggebracht, Ishi ein Gehalt zu verschaffen. Das Kuratorium des Museums hatte seinen Antrag genehmigt, Ishi als Hilfspförtner im Museum anzustellen, und dafür ein monatliches Gehalt von fünfundzwanzig Dollar bewilligt. Ishi, der letzte wilde Mann Nordamerikas, war mit einem Schlag Gehaltsempfänger mit Dienstwohnung. Nun gab es noch ein Problem. Das Gehalt wurde nur per Scheck ausgezahlt, und um diesen Scheck einlösen zu können, mußte Ishi schreiben können, zumindest seinen Namen. Er wurde als Mr. Ishi in der Gehaltsliste geführt.
Es wäre purer Unsinn gewesen, Ishi begreiflich zu machen, warum er einen Posten und ein Gehalt brauchte, was ein

Scheck bedeutete und wie das Bankwesen funktionierte, das begriff ja auch die Mehrzahl der Weißen nicht. Aber eine Unterschrift mußte Ishi haben, da er nun schon einmal einen Namen, eine Adresse und einen Beruf hatte.

Kroeber führte Ishi an seinen Tisch und malte den Namen Ishi auf ein leeres weißes Blatt. So einfach und klar, wie er nur konnte. Und er erklärte: «Das heißt Ishi.» Er buchstabierte es. Er malte immer wieder das Wort hin und sprach dazu: «I – sh – i».

Dann gab er Ishi den Bleistift und war darauf gefaßt, daß die Spitze brechen würde.

Aber Ishi faßte das Schreibgerät genauso an, wie er es gesehen hatte. Er war mit seinen Händen zu geschickt. Er hielt den Bleistift keineswegs verkrampft, drückte ihn nicht schwer auf das Blatt. Er versuchte es genauso zu machen, wie es ihm der mudjaupa gezeigt hatte. Freilich war zunächst nicht einmal Ishi selbst mit dem Gekritzel zufrieden. Seine ersten geschriebenen «Ishi» sahen denen Kroebers nur sehr wenig ähnlich.

Kroeber schob ihm einen Stuhl hin: «Setz dich», sagte er, «und laß dir ruhig Zeit.» Er sagte, was ihm in Yana einfiel, in Yana, und das andere in Englisch, aber Ishi begann ihn zu verstehen. Er setzte sich, öffnete die Manschettenknöpfe und versuchte es immer wieder. Jetzt gelang es schon besser, und als er sich die Jacke auszog und den Hemdkragen öffnete, war er fast schon zufrieden. Dann aber hatte er plötzlich genug und sagte: «Morgen wieder.»

Kroeber sah sich die Unterschriften an und lobte ihn. Er nahm sich vor, das Blatt aufzuheben. Es waren immerhin die ersten Schriftzeichen des Angehörigen eines Volkes, das bisher ohne Schrift ausgekommen war und sie offensichtlich gut entbehren konnte. Und als er ihn lobte, hatte er den Eindruck, vor ihm stand ein großes, sehr sanftes, erwachsenes Kind, das er vorhin in der Krankenhauswäscherei sicher erschreckt hatte.

«Kommst du heute abend mit zum Dinner?» fragte er deshalb. «Meine Frau und meine Kinder würden sich freuen.»

Ishi nickte, aber er lächelte noch nicht. Schon halb in der Tür, fragte er den mudjaupa: «Warum gibt es bei den Weißen mehr kranke Männer als Frauen?»

«Gibt es das?» fragte Kroeber zurück.

Ishi nickte. Er hatte es selbst gesehen. Es gab viel mehr kranke Männer.

«Und bei euch?»

«Mehr kranke Frauen.» Und er machte Kroeber klar, daß die Yahi-Männer nie wirklich krank waren. Vielleicht brachen sie sich einmal ein Bein oder traten sich einen Dorn ein oder sie wurden von einer Klapperschlange gebissen. Aber das alles waren keine Krankheiten.

Kroeber stand da und überlegte, aber er wußte keine rechte Antwort.

Jeden Tag übte Ishi mindestens zehn Minuten seine Unterschrift, bis er sie aus dem Gedächtnis konnte. Er klopfte an die Tür zu Kroebers Büro, steckte den Kopf herein, lächelte Kroeber an und sagte, indem er mit der Hand eine entsprechende Bewegung machte: «Üben?»

Kroeber nickte dann meist, und Ishi ging an einen seitlichen Tisch, wo schon ein paar Blätter bereitlagen, und übte fein säuberlich seine Unterschrift, bis er fand, daß es genug sei. Da erhob er sich, machte eine gekonnte Verbeugung zum Professor hin und verschwand wieder. Er ging dann

zu Worbinna, um dessen Fertigkeit mit den Händen zu bewundern und seine Augen zu betrachten. In Worbinnas Augen, echten Seemannsaugen, war etwas, was Ishi faszinierte. Er ließ sich auch von Worbinna einen Hobel erklären und zeigte ihm dafür, wie die Pfeilspitzen, die er auf seinem Tisch liegen hatte, entstanden waren.
Unten im Saal wischte Poyser, der Hausmeister, gerade den Boden. Eine Tätigkeit, die er dem Wilden noch nicht zutraute, so gern sie auch Ishi gemacht hätte.
Poyser sah eher komisch aus. Er hatte sich Schuhe und Socken ausgezogen und die Hosen bis unterhalb der Knie hochgekrempelt, um sie nicht naß zu machen.
Ishi mußte lachen, als er Poysers nackte Füße sah, die wie die Waden von käsiger Farbe waren. Und dann war da noch etwas: Poyser hatte Hühneraugen, die Ishi überhaupt nicht kannte. Er setzte sich auf eine Stufe der Treppe und sah dem Hausmeister zu.
Nein, so etwas Komisches hatte er noch nie gesehen! – Aber es sollte noch besser kommen. Als nämlich Poyser mit dem Eimer wegging, um das Wasser zu erneuern, da hinterließen seine nassen Füße Spuren auf den Fliesen des Fußbodens.
Ishi stürzte zu den Spuren hin und schüttelte sich vor Lachen. Das waren nicht die Fußabdrücke eines Menschen, sondern die eines Bären!
Poyser hatte nicht nur Hühneraugen und einen Frostballen an der rechten großen Zehe, Poyser hatte auch Plattfüße. Und dazu noch Krampfadern.
«Und da redet ihr immer von Schuhen!» rief Ishi. «Ich soll Schuhe tragen. Sieh deine Füße an, so gesund sind Schuhe. Ich ziehe keine Schuhe an. Ich weiß, sie schaden den Füßen, keiner von euch kann mit den Zehen sehen. All

eure Zehen sind blind. Ihr macht eure Füße krank.» Er drückte seine Fußstapfen neben die Poysers.
«So müssen Füße aussehen», sagte er, «sieh sie dir an, nicht eine einzige dicke Bärenspur.»
Ein Glück, daß ihn Poyser nicht verstand, er ließ ihn reden. Poyser war ein Phlegmatiker und fühlte sich zudem dauernd verkannt. Niemand sah seine wirklichen Qualitäten. Wenn wirklich ein einziger intelligenter Mensch je seine Bahn gekreuzt hätte, wäre er nicht hier in einem Museum als Hausmeister und Pförtner und weiß Gott was alles gelandet.
Einen Tag später, als Ishi wieder an Kroebers Tür klopfte und gerade «Üben?» fragen wollte, winkte ihn Kroeber zu sich.
Ishi begriff sofort, heute war alles anders. Es war feierlicher.
Der mudjaupa hatte einige Papierblätter mit wirren Zeichen vor sich liegen, und Ishi trat näher und sah auf diese kleinen Papiere wie der big chiep auch. Ishi strich mit der Innenseite der Hände die Hosen entlang.
«Dein erster Scheck, Ishi», sagte Kroeber auf englisch. Die Yana-Indianer hatten sicher kein Wort für diese Art Papier. Und er zeigte ihm, wo er unterschreiben mußte und wo die Gehaltsstelle der Universität seinen Namen hingeschrieben hatte. Mr. Ishi.
Ishi wischte sich noch einmal die Hände trocken. Er verstand, jetzt war es nicht mehr «üben», jetzt wurde es bitterer Ernst.
«Setz dich», sagte Kroeber feierlich.
Und Ishi setzte sich wie ein Politiker bei einem Staatsakt und malte fein säuberlich «Ishi» auf seinen Scheck.
Kroeber hielt Ishi einen Vortrag, von dem Ishi nichts

begriff. Er erklärte ihm, daß er dieses Geld verdient habe durch seine Arbeit und daß er damit ungefähr einen Mondumlauf lang auskommen müsse, daß der Scheck so gut wie bares Geld sei und daß ihn jeder Geschäftsmann unterhalb der Parnassus Heights in der Seventh Avenue zwischen Golden Gate Park und Judah Street auszahlen würde.

«Es sind fünfundzwanzig Dollar», erklärte Kroeber, «davon kannst du gut leben, wenn du vernünftig damit umgehst. Du mußt lernen, mit Geld umzugehen, weil dir hier niemand sonst hilft, verstehst du?»

Und da gerade Loud the Austere anklopfte, um zu fragen, ob er seinen Scheck haben könne, bat Kroeber ihn, Ishi mit hinunter zu den Geschäften zu nehmen, darauf zu achten, daß er wirklich fünfundzwanzig Dollar für den Scheck bekam und daß er nichts Unvernünftiges einkaufte.

Der ansonsten wortkarge Loud (nur wenn ihn der Geist überkam oder der Zorn, war er vieler Worte mächtig) nickte und deutete Ishi mit einer Kopfbewegung, daß er mitkommen sollte.

Eine Weile gingen sie schweigend nebeneinander her. Sie trotteten über das unbebaute Grundstück gegenüber dem Museum die Höhe hinunter zu dem kleinen Block, den die Geschäfte in der Seventh Avenue bildeten. Plötzlich begann Loudy zu sprechen.

«Ich zeige dir den Bäcker», begann er, «bei dem du Brot vom Vortag kaufen kannst. Keine Angst, es ist nicht steinhart. Frisches Brot ist ungesund, es bläht und es sättigt nicht. Aber wenn du das Brot mindestens einen Tag liegen läßt, dann sättigt es, und es ist auch besser für die Zähne. Und außerdem ist es billiger.»

Ishi nickte, obwohl er nicht verstand. Nur Brot hatte er begriffen. Brot hatte er schon öfter gehört. Ob der alte

Mann mit dem Bart auch Brot aß?
Im Laden legte Ishi den Scheck auf das Pult.
Der Kaufmann, mit einem Bleistift hinter dem rechten Ohr, überprüfte den Scheck sehr eingehend, während Ishi überlegte, welche Dämonen das Holz hinter dem Ohr wohl ablenken würde. Möglicherweise war es auch gut gegen Ohrenschmerzen, die sehr lästig sein konnten. Oder der Mann hörte einfach besser dadurch.
Nun ließ der Mann an einem silbrigen Gehäuse die Lade aufspringen und zählte ihm fünfundzwanzig Silberstücke hin. Fünfundzwanzig schwere, kostbare Silberdollars. Je fünf Stück in fünf Reihen. Ishi prägte sich das Bild ein.
«Du kannst sie nehmen», sagte Loudy, «es stimmt, sie gehören dir.»
Aber Ishi prüfte nicht, ob es fünfundzwanzig waren, er sah die Schönheit, das glänzende Silber und die quadratische Form, in der sie hingelegt waren. Er nahm ein Stück und wog es in der Hand. Es war zu spüren, es war da, und dafür bekam er etwas. Und das gleich fünfundzwanzig Mal.
Ishi kaufte nicht viel. Tee in der Packung, die er bei Poyser gesehen hatte, und eine Blechbüchse, wie Woirbinna sie hatte, um darin Nägel aufzubewahren, vielleicht freute sich Worbinna, wenn er ihm eine neue Büchse schenkte, sobald er sie leergemacht hatte, seine quoll ja schon fast über.
Auf Anraten Loudys kaufte er dann noch ein Pfund Buchweizengrütze und ein Pfund Haferflocken. Und dazu hielt ihm Loudy einen Vortrag über die Vorzüge der einfachen Ernährung. Das war das dritte Thema, über das Loudy gerne und ausführlich sprach. «Du mußt deinen Gedärmen etwas zu arbeiten geben», sagte Loudy, «die Darmzotteln, verstehst du, die müssen was tun.»

Zum Schluß hatte Ishi ein Wunder in der Hand. Zuerst dachte er, es sei eine Büchse, aber sie war leicht, als wäre sie leer, außerdem war sie nicht so dick und auch länger. Aber drinnen war etwas. Man konnte es hören, wenn man die Büchse schüttelte. Der Kaufmann zeigte ihm, was man damit machen konnte. Man mußte dieses bunte Rohr ans Auge halten. Ishi tat das auch, und was er dann sah, hatte er noch nie gesehen. Es war unvorstellbar, daß so viele verschiedene Sterne, noch dazu in allen Farben, in diesem kleinen Rohr Platz hatten. Es war nicht zu fassen, was sich da vollzog, vor allem, wenn man das Rohr drehte. Er sagte die Farben in Yana. Grün, Blau, Gelb, Rot. Sicher kostete dieses wunderbare Instrument viel mehr als seine fünfundzwanzig Dollar. Es kostete bestimmt so viel, daß er es sich nie würde kaufen können. Er dankte dem Kaufmann und stellte es wieder weg. Das nächstemal, wenn er einkaufte, würde er wieder durchsehen und sich das Wunder betrachten.

Loudy drängte zum Aufbruch. Sie mußten noch zum Bäkker und zum Fleischer.

Ishi zahlte und durfte von seinen fünfundzwanzig Dollar mehr als vierundzwanzig wieder mitnehmen. Er steckte das Klimpergeld in seine rechte Jackentasche und freute sich über das Gewicht, das die Jackenseite nach unten zog. Er hatte sich die ersten Tage in den Anzügen der Weißen elend gefühlt, eingezwängt, fast wie gefesselt. Das war verständlich, wenn man bisher nur einen Lendenschurz getragen hatte und im Winter ein Fell um die Schultern. Der einzige Trost, den die Anzüge des weißen Mannes boten, waren die vielen Taschen. Die Jacke hatte außen und innen Taschen. Wahrscheinlich sollten die inneren Taschen bösen Dämonen verborgen bleiben, und deshalb

steckte der weiße Mann die wirklich wichtigen Sachen immer nach innen, so viel wußte er schon. Das hatte er bereits bemerkt. Auch Loudy hatte das Papier, für das er sein Geld bekam, nach innen gesteckt.
Nach dem Einkauf beim Bäcker und Fleischer stiegen sie wieder den Hügel hinauf zum Museum. Heute waren keine spielenden Kinder da, und so war Ishis Freude ungetrübt. Er fühlte sich, als ob er von der Jagd käme. Nur war es ganz anders. Hatte er ein Reh erlegt oder einen Lachs aus dem Wasser gestochen, da vibrierte alles in ihm, da war er aufgewühlt, denn die Furcht, knapp bevor er den Pfeil auf die Reise schickte, die doppelte Furcht, würde er treffen oder nicht – würde er töten oder nicht, die Angst vor beidem war immer wieder da.
Als das erste Reh unter seinem Schuß niederbrach, hatte er sein Zittern nicht beherrschen können, die Beine hatten ihm fast den Dienst versagt, und die Arme flatterten am Körper. Nie mehr, dachte er, nie mehr würde er töten können. Jetzt kam er mit einer braunen Papiertüte nach Hause und einer Tasche voll Silberdollars. Ob ihn seine Mutter gelobt hätte?
Er sah auf den Boden. Da hatte der Regen kleine Bach- und Flußwege durch die Unkrauthalde gewaschen. Und hier, an einem Hauptstrang hatte sich schon ein winziger Cañon gebildet, zum Teil mehr als eine Handbreit tief.
Loudy trug mit der einen Hand seine Einkaufstüte und mit der anderen fuchtelte er wild umher. «Die Millionäre», schimpfte er gerade, «diese stinkreichen Millionäre, die ihre Kadaver in den Villen am Meer mästen, sie sind alle Verbrecher. Ihr Geld ist Mordgeld, und ihr Besitz ist Todesbesitz. Aber ich verspreche dir, ein Wind wird sich aufmachen und als Sturm daherbrausen, und er wird hin-

wegfegen, woran sie ihr Herz gehängt haben. Er wird ihnen die Häuser wegblasen und die Kleider vom Leib reißen, Kutschen und Dienerschaft wird er von ihnen nehmen. Und sie werden in Lumpen dienen müssen ihrem letzten Knecht.»

Ishi nickte freundlich dazu, er verstand zwar kaum ein Wort, aber der feierliche Tonfall gefiel ihm. Ishi verstand, daß dies alles sehr wichtig und voll Würde war, und er hatte wahrscheinlich deshalb als einziger Kontakt zu Loudy, weil Loudy so asketisch lebte, als gehöre er einem der strengsten Orden an. Er schnitt sich zum Frühstück nur eine dünne Scheibe Brot vom Laib und aß sie mit einer Tasse ungezuckertem Tee. Die Haferflocken übergoß er zu Mittag mit heißem Wasser und fügte nur eine Spur Salz als Würze hinzu. Fleisch aß er nur an einem Tag in der Woche. Wenn ihn andere hänselten, nahm er das hin. «Gott wird sich euch merken, und er wird euch auf den Kopf zusagen, ihr habt Völlerei getrieben und euren Geist in Fett und Süßigkeiten erstickt. In Zukunft sollt ihr Galle schlucken in alle Ewigkeit.»

Einmal hatte sich Worbinna zu Wort gemeldet. «Dein Gott, der mir alles vorhält, das Steak am Sonntag und den Würfelzucker in meiner Tasse Tee, dein Gott, der mir den Batzen Butter auf dem Brot nicht gönnt, das ist nicht mein Gott. Das ist ein kleiner, mieser Kerl wie du, dem nichts Spaß macht, nicht mal eine Frau.»

Ishi hatte sich amüsiert. Er lächelte jedem, der sprach, zu. Er ahnte nicht nur, daß sie verschiedener Meinung waren, er wußte es. Sie neckten sich. Er neckte auch gerne andere und ließ sich von seinen Freunden necken. Für ihn war es ein Schau- und Hörspiel, er studierte die Gesten der Weißen, und er gewöhnte sich an ihre Sprache. Und er gewann immer mehr das Gefühl, daß er zu ihnen gehörte und sie zu ihm. Er vermißte sie, wenn sie nicht da waren. Und er sorgte sich, wenn es von dem einen oder anderen hieß, er sei krank.

Dann ging er kopfschüttelnd davon.

Warum waren sie krank, wie so viele weiße Männer?

Für Ishi war es klar. Sie waren krank, weil ihre Zehen Hörner hatten und blind waren. Sie waren krank, weil sie ihre Füße in ihren Schuhen einsperrten, so daß diese nicht mehr die Kraft aus der Erde ziehen konnten.

Ishi hatte kein Werkzeug, um die Büchse, die er für Worbinna gekauft hatte, zu öffnen. Er ging deshalb zu Worbinna, und der öffnete ihm die Büchse. Und was war in der Büchse? Da schwammen wie kleine goldene Monde halbe Pfirsiche in ihrem süßen, sämigen Saft . . .

Ishi, der letzte seines Stammes, der den Wissenschaftlern noch Wissen über seine Sprache, seine Erziehung, seine Sitten und seine Fähigkeiten vermitteln konnte, Ishi, der einzige Überlebende einer Katastrophe, die der Mensch dem Menschen beschert hatte, Ishi, der Museumsangestellte, der Assistent und Untergebene des Hausmeisters, Ishi, der Freund zweier Professoren, war innerhalb kurzer Zeit eine bekannte Persönlichkeit geworden.

Die California Motion Picture Corporation drehte einen Film über Ishi. Er zeigte Ishi, wie er mit seinem Drillholz Feuer machte, wie er mit einem scharfen Knochen und einem faustgroßen Stein eine Pfeilspitze aus Obsidian schlug, wie er einen Bogen spannte, zielte und auf ein hohes, fliegendes Ziel schoß. Er zeigte Ishi, wie er ein Zahnschneckengehäuse, ein beliebtes Schmuckstück der

Yana, in seinen Nasensteg einsetzte, wie er sein Haar trocknete und es kürzte, indem er es abbrannte. Und neben vielen anderen Tätigkeiten wurden in zwei Großaufnahmen seine Hände gezeigt, die keine Schwielen hatten und schöne gerade Finger, und man zeigte sein strahlendes, freundliches Lächeln.

Ishi war eine Attraktion, keiner der weißen Museumsangestellten wäre mit dieser Berühmtheit auf ähnliche Weise fertig geworden.

Besonders an Sonn- und Feiertagen drängten die Menschen ins Museum, sie wanderten hastig durch die Säle und nahmen die Informationen, die ihnen die Schauobjekte über den Werdegang des Menschen, über seine Gepflogenheiten, Gebräuche und seine Kunst und Kultur boten, mehr oder minder im Vorübergehen mit. Was sie wirklich interessierte, war das Lebendige, der letzte Lebendige, der von einem der Stämme kalifornischer Indianer übriggeblieben war, war Ishi.

Das Land war jung, es hatte fast keine Geschichte. Hundertjähriges, das überlebt hatte, gab es selten, und sehr oft war es nicht wert, angesehen zu werden. Da tauchte in diese Leere hinein ein Mann auf, der Kunde von längst Vergangenem brachte, das hier in ihrem Umkreis geschehen war, von Vergangenem, das nicht zehn oder fünfzig Jahre, sondern zehntausend Jahre zurücklag. Eine unvorstellbare Zeitspanne, wenn man bedachte, daß die USA noch nicht einmal hundertfünfzig Jahre alt waren.

Sie strömten zu Hunderten ins Museum, und was sie sehen wollten, war dieser sagenhafte Mann, der es fertiggebracht hatte, zu überleben. Dieser Indianer, dieser letzte Wilde Nordamerikas, der es mit unbeschreiblicher Geschicklichkeit verstanden hatte, sich den zahlenmäßig überlegenen

Weißen, der Überlegenheit ihrer Waffen, der Schnelligkeit ihrer Informationen zu entziehen. Sie wollten den Mann sehen, der aus den Cañons kam, aus den Wäldern unterhalb des 3186 Meter hohen Mount Lassen oder Lassen Peak, seinem Waganupa, aus der Umgebung des mäjestätischen 4317 Meter hohen Mount Shasta. Der Mann von Wowunupo mu tetna.

Kroeber und Waterman hatten mit diesem Interesse nicht gerechnet. Und es war ihnen klar, daß sie Ishi, der noch vor wenigen Wochen jeden Weißen wie den Tod gefürchtet hatte, nicht vollkommen unvorbereitet dem riesigen Publikum vorzeigen konnten. Sie mußten die Leute um Geduld bitten und Ishi, der schon vor nur sechs Fremden zurückprallte, den ein sehr entfernter Kanonenschuß vom Übungsgelände der Artillerie erschreckte, den ein unerwartetes und unbekanntes Geräusch in die nächstliegende Ecke hetzte, der körperliche Berührung mit Weißen nur mit unterdrücktem Grauen über sich ergehen ließ, auf das Interesse an seiner Person vorbereiten.

Und so erschien am ersten Sonntag, an dem Ishi bereit war, sich den Museumsbesuchern zu stellen, zunächst Kroeber, um die Leute auf Ishi vorzubereiten. «Sie werden feststellen können», sagte er abschließend, «daß Ishi ein Mensch ist, ein Mensch wie wir. Aber er und seine Leute, seine Mutter und seine Schwester und andere Angehörige, wurden wie Tiere gehetzt. Das hat ihn scheu gemacht. Und diese Scheu dürfen Sie nicht mit Angst verwechseln. Drei Jahre hat er vollkommen allein in seinem Gebiet gelebt, in einer Welt, die um ihn herum immer enger wurde, die ihm immer weniger Überlebenschancen ließ. Und zwölf oder gar dreizehn Jahre war er nur einer von fünf», Kroeber hob die Hand mit ausgestreckten Fingern, «irgendeiner unter fünf.

Sie haben gelernt, sich zu verbergen, sich praktisch unsichtbar und unauffindbar zu machen. Sie haben keinen Grashalm geknickt und keine Zweige gebrochen aus Angst vor Entdeckung, aus Angst vor uns. Bedenken Sie bitte noch eines, der Indianer hat keine Waffen in unserem Verständnis, Waffen, die dazu da sind, das Leben eines anderen Menschen zu vernichten. Sein Speer, sein Bogen, seine Axt und sein Pfeil waren ausschließlich Werkzeuge für die Jagd. *Wir* waren es, die aus Jagdwerkzeugen Waffen gemacht haben, *wir* haben entdeckt, daß man mit einem Brotmesser auch morden kann.»

Erst jetzt holte Kroeber Ishi aus einem Nebenraum. Ishi betrat den großen Saal mit der Andeutung eines Lächelns, und er ging mit Kroeber durch das Spalier, das sich bildete, und stand mit Kroeber in dem dichten Ring von Menschen.

Die Leute applaudierten, und Kroeber erklärte Ishi, warum sie das taten, sie wollten ihm auf diese Weise ihren Respekt erweisen. Ishi nahm das an und wurde von Minute zu Minute sicherer. Er zeigte den Leuten Bogen und Pfeile, die denen ähnelten, mit denen er auf die Jagd gegangen war. Er zeigte, wie man richtig zielte.

«Ishi hat ein unwahrscheinliches Gefühl für Entfernungen», erklärte Kroeber. «Er weiß exakt, wie er das Ziel anvisieren muß. Aus fünf bis zehn Meter Entfernung, wenn er ein Kaninchen jagt, oder aus dreißig Meter Entfernung, wenn er auf ein Reh oder einen Hirsch schießt.»

Und schon kamen die Fragen der Wißbegierigen, nach der Kleidung der Yahi, ihrer Ernährung, ihren Häusern, wie sie ihre Kinder erzogen und wie sie Krankheiten überstanden und ihre Toten bestatteten.

Ishi war nicht nur der Assistent des Hausmeisters Poyser,

den dieser nur an den Reisbesen heranließ und nicht an den Gummischrubber für die Fenster, Ishi war ein vielbesuchtes lebendiges Stück Inventar im Museum.
Er begann sich auf die Sonntage zu freuen und wurde immer unbefangener. Es gab Leute, die öfter kamen und ihm Geschenke mitbrachten.
Als Waterman das sah, wurde er wütend. «Das erinnert mich an die Fütterung wilder Tiere im Zoo.»
Kroeber beruhigte ihn. «Im Grunde», sagte er, «wollen sie nur etwas gutmachen. Es ist der rührende Versuch, Ishi zu zeigen, daß es auch andere Weiße gibt.»
Ishi war nun meist allein unter den Besuchern, er war jedoch immer dankbar, wenn er Kroeber irgendwo zwischen den Leuten entdeckte. Er reichte die Hand, wenn sie ihm gereicht wurde.
Er hatte begonnen, sich mit dieser Geste der weißen Freundlichkeit abzufinden. Er freundete sich mit ihr aber nie so weit an, daß er je von sich aus jemandem die Hand gegeben hätte.
Als einmal ein Chinese unter den Besuchern war, ging Ishi spontan auf ihn zu, zog mit beiden Zeigefingern seine Augen zu Schlitzaugen und sagte dem Chinesen in seiner Yahisprache: «Du bist ein Yahi.»
Manchmal waren auch Besucher unter der großen Masse der anderen, die mit dem big chiep in einer anderen Sprache sprachen. Es waren Deutsche, mit denen Kroeber immer in seiner Muttersprache redete.
Auch diesen Leuten brachte Ishi eine Art bevorzugter Sympathie entgegen. Sie waren zwar saltu wie alle Weißen, aber andere saltu, ganz streng genommen, andere andere.
Die Jungen und die Alten blieben oft stundenlang im Museum, und es machte ihnen nichts aus, zum x-ten Mal

erklärt und vorgezeigt zu bekommen, wie Ishi Pfeilspitzen aus Obsidian schlug oder wie er die Sehne des Bogens geschmeidig machte, eine Hirschsehne, die er immer wieder durch seine kräftigen Zähne zog. Bei den Jüngeren machte es Ishi auch nichts aus, wenn sie ihn zu berühren versuchten. Sie hatten gerade den «Letzten Mohikaner» gelesen oder waren dabei, ihn zu lesen, und Ishi war zwar kein Mohikaner, aber ein Letzter. Einige Mütter erzählten Kroeber, daß ihre Jungen, vom Museum nach Hause gekommen, sofort wieder ihre bereits mehrmals gelesenen Lederstrumpfbücher hervorkramten.

Ishi lächelte dazu.

Drängten sich die Jungen vor, so saßen die Alten irgendwo im Hintergrund und betrachteten alles mit einem Blick. Die Ausstellungsstücke, den letzten Yahi und die jungen Leute, unter denen immer auch ein paar Mädchen waren, die sich um Ishi drängten.

Es war kein steifes Museum, sondern im Gegenteil, ein sehr gemütliches, sehr lebendiges .

Allmählich wurden die Sonntage die Höhepunkte im Zeitablauf Ishis. Es tat ihm wohl, wenn die Leute ihn umringten und ihm Fragen stellten. Er begann zu lernen, die Gesichter der Weißen, die ihm anfangs alle gleich vorgekommen waren, zu unterscheiden. Er erkannte die Mutter mit den drei Jungen wieder, das Mädchen mit den Sommersprossen und dem kupferfarbenen Haar, die alte Frau, die ihm jedesmal irgendeine Frucht mitbrachte. Die drei Männer mit vom Tabakrauch gebräunten Zähnen, die, wenn er in den Hof des Museums hinausging, um den Bogen zu spannen und einen Pfeil abzusenden, mit hinausgingen und sich ihre Pfeifen ansteckten.

Ishi stürzte nicht auf sie zu und lärmte gleich den Weißen

bei einem Wiedersehen. Er nickte mit dem Kopf, er grüßte mit einem besonderen Blick, er lächelte, genauso, wie er nur die Augenbrauen hob, wenn ein Weißer mit der Schulter gezuckt hätte und zwei, drei Finger an die Unterlippe legte, wenn er verlegen war. Und verabschiedete sich jemand, so sagte er nur: «Du gehst?» Zog er sich aber nach seiner Sonntagsarbeit zurück, verabschiedete er sich mit den Worten: «Ihr bleibt. Ich gehe.»
Von irgendeinem aus der großen Masse der Besucher hatte Ishi eine Uhr geschenkt bekommen. Er wußte nicht mehr zu sagen, wer sie ihm geschenkt hatte, er hatte das Päckchen entgegengenommen wie einen Pfirsich oder eine Traube. Erst auf seinem Zimmer hatte er gemerkt, daß in der kleinen Tüte eine Uhr war. Eine silberne Uhr mit Springdeckel und römischen Ziffern, mit filigranen Zeigern und einer geschmackvollen silbernen Kette.
Ishi hielt die Uhr in großen Ehren. Er trug sie wie ein Weißer in der Westentasche und hatte die Kette durch ein Knopfloch der Weste gefädelt. Er hielt auf korrekte Kleidung, er verließ nie ohne Schlips das Museum, er legte immer saubere Hemden an, und er fand die Anzüge der Weißen, die ihn zunächst so eingeschnürt hatten, allmählich praktisch ihrer vielen Taschen wegen. Und er hatte nach kurzer Zeit schon gelernt, diese Taschen mit nützlichem und unnützem Zeug zu füllen wie ein weißer Mann auch.
Nur Schuhe trug er noch immer nicht.
Und mit der Uhr war es auch so eine Geschichte. Jedesmal, wenn er feststellte, daß sie nicht mehr tickte, zog er die Uhr wieder auf. Er hielt sie an sein Ohr und nickte befriedigt, wenn sie wieder tickte. Das Ticken war für ihn die Hauptaufgabe einer Uhr. Dieses leise Geräusch machte sein

Zimmer wohnlich. Die Uhr tickte ihn in den Schlaf, wenn sie auf seinem Nachtschränkchen lag, und sie weckte ihn, wenn sie zu ticken aufgehört hatte und er sie wieder aufziehen mußte. Ishi zog seine Uhr sehr oft auf, aber nie stellte er die Zeiger. Für ihn war es nicht die Aufgabe einer Uhr, die Zeit anzuzeigen. Das Schöne, das Erhebende und Tröstende, das Feierliche und Erfreuliche an einer Uhr war, daß sie tickte.

Die Uhr war für Ishi etwas sehr Kostbares. Aber Ishi besaß mittlerweile noch eine andere Kostbarkeit. Eine – wie es ihm schien – sehr wesentliche Erfindung, von der die Weißen seltsamerweise überhaupt kein Aufhebens machten. Er trug es gerne um den Hals, obwohl er es im Museum nie verwendete. Im Hof allerdings, wenn er allein war, benutzte er es, nicht ohne einen gewissen Schauder davor, aber auch in seinem Zimmer gebrauchte er es, wenn er sicher war, daß ihn niemand stören würde und er niemanden störte. Er ahnte nicht, wozu es der weiße Mann brauchte, nicht einmal Kroeber oder Watamany hatten ihm von der Existenz dieses kleinen blinkenden Gegenstandes berichtet. Und doch war er da und war unten im Geschäft an der Seventh Avenue zu erstehen gewesen. Es war eine Trillerpfeife, die schrille Töne von sich gab. Was Ishi wunderte, war die offensichtliche Preiswürdigkeit des Gegenstandes, aber anscheinend hatte der Händler seinen wahren und echten Wert nicht erkannt.

Ishi hatte nun schon eine Menge Erfindungen der Weißen gesehen. Er kannte die Feuerhölzchen, das Kaleidoskop, und besonders beeindruckten ihn die Fähigkeiten des Leims in Warburtons Werkstatt. Eigentümlich, daß über diese Dinge ein Weißer nie sprach. Und Feuerhölzchen und Leim waren nun doch wirklich etwas! Im Golden Gate

Park hatte er sogar an der Seite Kroebers den Start eines fliegenden Apparates beobachtet, in dem ein Mann – Harry Fowler – saß, der winkte und ganz in Leder gekleidet war. Es war Kroeber, der ihn auf die Lederkleidung des Mannes aufmerksam gemacht hatte. Und Kroeber erwartete offensichtlich Bewunderung dafür. Kroeber war leider unwissend. Nie hatte er gesehen, welch schöne Lederkleidung seine Mutter aus der Haut eines Hirsches für seine Schwester gemacht hatte.

«Die Maschine wird über den amerikanischen Kontinent bis tief hinunter in den Süden fliegen», hatte ihm Kroeber zu erklären versucht.

Ishi hatte den Stolz und die Erregung aus Kroebers Worten gehört. Obwohl Kroeber keinen Bogen und Pfeil bei sich hatte, war er in einem Zustand der Spannung, wie es ein Yahi nur am Morgen der Hirschjagd war.

Das war für Ishi nicht zu begreifen. Er verstand vor allem nicht, warum Kroeber von ihm Bewunderung wollte. Und warum er schrie und winkte, als der künstliche Vogel sich nach schier endlosem Anlauf müde vom Boden hob und unsicher und wackelnd davonflog.

«Ist es nicht herrlich?» schrie Kroeber, er versuchte Ishi in Englisch mit Yanabrocken vermischt klarzumachen, daß er, Ishi, den Beginn eines neuen Zeitalters miterlebt habe.

«Bei uns im Yahiland», antwortete Ishi sinngemäß, «steigen die Vögel sicherer in die Luft, und sie fliegen höher und schneller.»

Er tastete im gleichen Augenblick nach der Trillerpfeife, die er unter dem Schlips verborgen trug. Und fast hätte er den ‹big chiep› nach dem Sinn dieses großen Werkes des weißen Mannes gefragt. Im letzten Augenblick aber verkniff er sich die Frage.

Er war ein gut erzogener Yahi. Es war unhöflich, nach Dingen zu fragen, über die der andere schwieg.
Am Abend, schon im Bett sitzend, stieß er noch einmal seinen Atem in das kleine Ding. Der Ton ging durch Mark und Bein. Das war ein Wunder! Und das Feuer im Schächtelchen war ein Wunder. Und auch der Leim.
Aber nicht der lahme, fliegende Apparat.

Den Tag über waren viele Leute im Museum gewesen, obwohl es kein Sonntag war. Und wie immer galt es, nachher sauberzumachen. Es war bemerkenswert, wieviel die Leute im Museum liegen ließen, besonders die Schulklassen. Unter den Bänken deponierten sie gerne zu Kügelchen gerollte Wickelpapiere von Bonbons, auch die eine oder andere Zigarettenpackung fand sich da, ebenso Fahrkarten vom Trolleybus oder von der Fähre, wenn die Leute über die Bucht herübergekommen waren.
Eines Nachmittags kam Ishi mit einem Eimer voll dieser Dinge von oben herunter in die große Halle, und er sah schon vom zweiten Stockwerk aus unten einen Mann stehen, der mit Poyser sprach.
Aus Gründen, die Ishi nicht wußte und nicht deuten konnte, begann sein Herz zu klopfen. Er verlangsamte seinen lautlosen Schritt und blieb schließlich auf halbem Weg vom ersten Stock zur Halle stehen.
Der großgewachsene Mann stand nun allein mitten in der Halle und sah zu ihm hinauf.
Er sagte etwas in einer Sprache, die Ishi nicht verstand.
Es war die Sprache der Papago-Indianer.
Dann fragte er Ishi in einer Sprache, die er vom Gefängnis in Oroville her noch im Ohr hatte. Das war Spanisch. Zum

Schluß fragte ihn der Mann auf englisch, ob er der berühmte Ishi sei.
Ishi nickte, ging zwei, drei Stufen tiefer und wandte keinen Blick von dem Mann. Erst als der Fremde sagte, er sei ein Freund des leider gerade abwesenden Professor Kroeber, ging Ishi auf ihn zu und verneigte sich vor ihm. Und da war Ishi gewiß, daß er keinen saltu, sondern einen Yahi vor sich hatte.
Der Mann war ein gebildeter Papago-Indianer, der sich Juan Dolores nannte und aus Arizona kam. Juan beherrschte Spanisch und Englisch in Wort und Schrift und schrieb die Papagosprache für die Professoren Waterman und Kroeber auf, er reiste, wenn er sich mit Pferdehandel genug Geld verdient hatte, in die winzigen Papagodörfer, die allesamt in unwirtlichem und unfruchtbarem Land lagen, um die Lieder seiner Stammesbrüder und ihre Geschichten aufzuschreiben.
«Ich habe von dir in der Zeitung gelesen», sagte Juan, «und ich habe Professor Kroeber geschrieben und gebeten, daß ich kommen darf.»
Als er merkte, daß Ishi ihn nur mühsam oder kaum verstand, sagte er nur noch einen Satz: «Ich bin gekommen und will deine Sprache hören.»
Da Juan ein Gästezimmer neben dem Zimmer Ishis bezogen hatte, saßen sie oft beisammen und unterhielten sich. Viel verstanden sie nicht vom anderen, aber das besserte sich fast stündlich.
Als dann Waterman zu ihnen stieß, entdeckte er doch einige Gemeinsamkeiten. Was für die Yana, die Bergindianer, die Talindianer, die Maidu waren, das waren für die Papago, die unwirtliches Land, halb Wüste, halb Steppe, in der Gila-Wüste bewohnten, die artverwandten Pima, Fluß-

indianer, die am Gilafluß lebten und ein kilometerlanges Bewässerungssystem aufgebaut hatten, das sie gegen jeden Eindringling verteidigten. Was für die Yana die Eicheln, waren für die Papago die Bohnen, die einzige Frucht, die in ihrem trockenen Territorium halbwegs gedieh. Und da die Reicheren immer die Ärmeren verspotten, nannten die Pima die Papago «die Bohnenleute» und nützten ihre oft hungrigen armen Vettern bei der Arbeit auf ihren Feldern weidlich aus.

Bauten die Yana Rundhäuser halb in die Erde hinein, so bauten die Papago rechteckige Pfahlhäuser mit flachen Dächern, die manchmal eine ganze Seite offenließen und ein großes Vordach hatten, das Schatten spendete. Außer den Bohnen, die nur magere Ernten abwarfen, verzehrten die Papagos eßbare Kakteen, wilde Beeren und verschiedene der spärlich wachsenden Pflanzen. Ihre Jagd war unergiebig. Wie sich später herausstellte, war Ishi dem Juan Dolores im Bogenschießen hoch überlegen. Das wunderte Ishi nicht, wenn er die abgearbeiteten Hände von Juan betrachtete.

Immer wieder war Ishi auch drüben im Krankenhaus, besuchte die Patienten, lächelte, setzte sich zu einem Arzt oder, wenn er dazu aufgefordert wurde, auch zu einer Schwester, schwieg mit dem anderen, wenn der schwieg, und unterhielt sich mit seinem Gegenüber, so gut er konnte, wenn er angesprochen wurde. Und wenn man es wünschte, sang er die Lieder seines Stammes. Die Zuhörer wußten nie, klangen sie so traurig, weil ihr Inhalt traurig war, oder deshalb, weil Ishi sie sang, der sehr gut wußte, daß nach ihm keiner mehr die Lieder singen würde.

Abends waren sie dann wieder unter einem Dach vereint, Ishi und Juan, die ohne den weißen Mann sonst nie

zusammengekommen wären.
Ishi erzählte Juan, daß ihn ein Museumsbesucher gefragt habe, ob er auch Körbe flechten könne. Eine taktlose Frage, die nur ein Weißer einem Mann der Yahi stellen könne.
Juan begriff, was Ishi gesagt hatte. «Und was hast du geantwortet?» fragte er.
«Vergessen, alles vergessen.» Ishi strahlte.
Juan wollte wissen, warum er dem Weißen nicht gesagt habe, daß man eine solche Frage einem Mann nicht stelle.
Ishi ließ sich mehrmals fragen, dann meinte er, daß er nicht so unhöflich sein wollte wie der weiße Mann.
Als Ishi einen Apfel in zwei Hälften teilte, um Juan die eine Hälfte zu geben, schüttelte Juan den Kopf. «Du mußt ihn in vier Teile teilen.» Ishi verstand nicht recht, da machte es Juan. Er teilte die Hälfte noch einmal in die Hälfte und gab nun Ishi zwei Viertel und nahm sich die beiden anderen Viertel des Apfels.
Ishi begriff das nicht, und obwohl er nie mit Brüchen gerechnet hatte, war ihm klar, daß jeder nach wie vor einen halben Apfel hatte.
Vier war jedoch die heilige Zahl für Juan Dolores. Sein Großvater hatte ihn gelehrt, alles, was zu teilen war, durch vier zu teilen. Nur dann war es gut.
Vier war die Zahl der Ausgeglichenheit und der Schönheit.
Vier war oben und unten und links und rechts.
Aus vier Richtungen kamen die Winde.
In vier Richtungen konnte man gehen.
Vier war vorne und hinten und links und rechts.
Vier Ecken hatten die armseligen Häuser der Papago-Indianer . . .

Der Bogen war aus Eschenholz, die Sehne vom Hirsch. Den Bogen hatte Ishi im Museum geschnitzt, an einem Sonntag, als die Leute ihm zusahen. Und die Sehne hatte sich in den Beständen Warburtons «Worbinnas» gefunden. Auch die Pfeile hatte Ishi im Museum geschnitzt und die Pfeilspitzen aus einem Obsidian herausgeschlagen.
Zuerst hatte Ishi an der Sehne gezupft und das Ohr an sie gehalten, wie ein Orchestermusiker sein Instrument vor der Aufführung einer Sinfonie prüft. Dann hatte er an der Sehne gezogen, um die Kraft des Bogens zu prüfen.
Es war ihm unmöglich gewesen, einen Bogen zu schnitzen wie im Yahiland, wo die Frauen, sofern sie gut erzogen waren, sich sofort entfernten, wenn der Mann daranging, einen Bogen zu schnitzen. Zu viele Frauen waren im Museum um ihn herumgestanden und hatten zugesehen. Und Ishi war zu höflich gewesen, sie auf ihr schlechtes Benehmen aufmerksam zu machen. Die Schwäche der Frauen übertrug sich nämlich auf alles Jagdgerät, das in ihrer Gegenwart von einem Mann hergestellt wurde.
Oh, Ishi wußte eine Geschichte von einem Yahimann, der eine Frau hatte, die ihn so sehr liebte, daß sie ihn nicht einmal verlassen wollte, wenn er Bogen schnitzte und Speerspitzen aus dem Obsidian schlug. Sie hing um seinen Hals und küßte ihn und herzte ihn und achtete nicht auf das Gesetz, das einer Frau verbietet, in der Nähe des Mannes zu sein, wenn er solche Arbeit tat. Und weil der Mann wußte, daß es Gesetz war, in der Nacht vor der Hirschjagd enthaltsam zu sein, ging er nicht in sein Haus, sondern schlich sich ins Buschwerk, um dort allein zu schlafen. Da weckte ihn eine Berührung, und er meinte, es sei der Tau. Aber es war nicht der Tau, sondern sein Weib war ihm nachgeschlichen, und sie bat ihn so lange, doch

ins Haus zu kommen, bis er hineinging und mit ihr sein Lager teilte.
Und dann kam der nächste Tag. Der Tag der Jagd. Der Mann zog mit Pfeil und Bogen und dem Speer davon, und er merkte schon auf seinem Weg, daß er kraftlos war und seine Waffen nichts taugten. Für Kaninchen wird es schon reichen, tröstete er sich, obwohl er den Hirsch hatte jagen wollen. Und dann stand plötzlich der Bär vor ihm, und der Mann schoß den Pfeil ab, traf ihn aber nicht im Gaumen, wo der Grizzli verletzlich ist, sondern streifte nur sein Ohr. Und sein Speer zerbrach am starken Brustbein des Bären. Da jagte der Bär den Mann, und der Mann wurde, weil er schwach war, die Beute des Bären. So ging es dem Mann und seiner Frau. Suwa!
Ishi stand im Garten des Museums, und er setzte den Pfeil an die Sehne und spannte den Bogen. Und der Bogen war voll Kraft, wie er selber, dann, im letzten Moment, verlieh er dem Pfeil eine Drehung, fast im gleichen Augenblick, da die Sehne nach vorn schnellte und er den Bogen in seiner Hand sich drehen ließ. Tief schlug der Pfeil mitten in den schwarzen Punkt im Pappkarton, den Ishi sich als Ziel aufgestellt hatte.
Befriedigt atmete er auf.
«Bravo!» rief da eine Stimme von oben. Zwei Fensterflügel flogen am Krankenhaustrakt auseinander. Dr. Saxton Pope hatte Ishi beobachtet und bat ihn nun zu warten, er käme gleich hinunter.
Unten überschüttete er Ishi mit einer Flut von Worten. «Ich hab dich immer für so 'ne Art braven Kornfresser gehalten, entschuldige. Ich wußte nicht, daß du ein Jäger bist. Nein, wie du den Bogen gespannt hast! Ein Bild für Götter. Läßt du mich mal?»

Ishi übergab Dr. Pope, der für ihn einfach Popy hieß, den Bogen und suchte einen schönen Pfeil für ihn aus. Pope war fasziniert von dem Gerät und versuchte es zu spannen.
«Ich habe gar nicht gedacht, daß man so viel Kraft dazu braucht», rief er. «Mensch, da mußt du dich reinlegen. Aber keine Angst, ich lern es noch.»
Er zog an der Sehne, so gut er konnte, aber bevor er die Sehne so weit zurückgezogen hatte, daß die Obsidianspitze beinahe den Bogen berührte, flutschte ihm der Pfeil von der Sehne und bohrte sich fünf, sechs Meter vor dem Ziel in die Erde.
Ishi lächelte und zeigte ihm, wie das richtig gemacht wurde. Er war geduldig und führte Popy den kleinen Trick mit der Drehung immer wieder vor.
Pope begriff, daß Ishi damit den Pfeil im Flug stabilisierte und treffsicherer machte. «Du ersetzt dir praktisch damit den gezogenen Lauf einer Schußwaffe», sagte er. Oh, Popy war in der Theorie gar nicht so schlecht. Er verstand sofort, welchen Sinn dieser Trick mit der Drehung des Pfeils und dem Nachpendeln des Bogens hatte. Aber den Sinn zu verstehen und den Trick anzuwenden, waren offensichtlich zwei Paar Schuhe.
«Wir müssen hinaus in den Wald, am Samstag», rief Dr. Pope. «Am Samstag hab ich Zeit. Du und ich, wir streifen durch den Wald, und du bringst mir das Bogenschießen bei. Ich spreche schon mit Kroeber, daß du loskommst.»
Wie ein kleiner Junge freute sich Dr. Pope auf den Samstag. Er kam im Sportanzug mit Kniehosen und einer Schirmmütze und hatte eine dickbauchige Jägertasche umhängen, in der sich allerlei Gutes befand. Brote mit kaltem Braten belegt, Obst, Käse, aber auch zwei rohe Steaks.

Vielleicht machte Ishi auf Waldläuferart Feuer an, und sie konnten das Steak über der Glut grillen.
Auf dem Weg in den Sutro Forest erzählte Pope ununterbrochen von einem Mann, der Robin Hood hieß, einem feinen Burschen, der es den hohen Herren zeigte, vor allem mit Pfeil und Bogen. «Er war seinem König treu, weißt du? Seinem König, und er zog in den Wald mit seinen Getreuen, und sie nahmen den Reichen, was die zuviel hatten, und gaben es den Armen, die von den Reichen immer noch ärmer gemacht wurden. Wie gesagt, ein prächtiger Bursche, dieser Robin Hood.»
Ishi fragte nicht viel. Er verstand nur, daß ein Bogenschütze, ein besonders guter Bogenschütze, mit seinem Stamm im Wald lebte, sie jagten die Tiere des Waldes, und sie ernährten sich von den Früchten des Waldes wie die Yahi auch. Und da waren die anderen, sicher Maidu oder Weiße. Sie waren feige und dick und ließen die Armen kaltherzig hungern. Wie gesagt, Ishi verstand nicht alles, aber daß dieser Lobin Hood – Ishi sprach kein «r», wie die Chinesen auch, und sagte statt dessen «l» – die dicken feigen Maidu immer wieder an der Nase herumführte, das begriff er.
Auf einer Waldlichtung im Sutro-Forest warf Popy sein Bündel hin. Da war ein kleiner Bach, da waren Steine, da gab es jede Menge dürres Holz. Es würde ein herrlicher Tag werden, ein Tag wie im Buch oder besser noch wie aus zwei Büchern gleichzeitig: «Robin Hood» und «Der letzte Mohikaner». Sie aßen zuerst Brotschnitten mit kaltem Braten und tranken Tee dazu. Wunderbar, Popy riß sich die Jacke herunter, öffnete den Hemdkragen und krempelte die Ärmel hoch.
Dann schossen sie auf einen dicken Baumstamm. Zunächst

mußten sie Popys Pfeile immer wieder zwischen Farnen und Kräutern links und rechts vom Baumstamm suchen, dann streiften die Pfeile schon den Stamm. Links und rechts konnte man die Spuren in der Rinde sehen. Popy freute sich über diesen kleinen Fortschritt. Als er aber nach langen Bemühungen den Baum endlich fast in der Mitte traf, riß er die Arme hoch, warf den Bogen in die Höhe und vollführte einen Freudentanz, wie Ishi ihn bei einem Weißen noch nicht gesehen hatte.
«Ich hab getroffen!» schrie Pope, «ich hab getroffen!» Und er riß Ishi mit sich. Pope hatte es dreckig gehabt als Junge und später als Student, er wollte irgend etwas aus seiner Kindheit nachholen. Leider mußte er nun aufhören zu schießen, auf seinen Fingerkuppen bildeten sich Blasen. Ishi sah sich die Finger des Arztes an. Und meinte dann, Hirschtalg wäre gut dafür. Dr. Pope lächelte. Wo nahm man in einer modernen Klinik in Frisco nur Hirschtalg her? Er zeigte Ishi die Steaks. Ob er sie grillen könne? Ishi nickte, sammelte Holz und schichtete es auf einen größeren flachen Stein, und dann bescherte er Popy eine besondere Freude. Er holte sich nicht das Feuer aus dem Schächtelchen, sondern er machte es, wie er es als junger Mann gelernt hatte. Er mußte nicht lange suchen, bis er zwei entsprechende Hölzer fand.
Pope überschüttete Ishi mit Lob. «Nein, wirklich, du bist einzigartig. Daß ich das erlebe, einen Menschen, der auf diese Art Feuer macht. In der Schule haben wir davon gehört, und ich hab es oft versucht, aber weiß der Teufel, entweder bin ich zu ungeschickt oder ich hab den Trick nicht heraus. Vielleicht hab ich auch zu feuchtes Holz genommen. Jedenfalls das einzige, das heiß wurde, waren meine Handflächen.»

Ishis Feuerdrill war so simpel wie nur möglich. Er bestand aus einem unteren und einem oberen Stück, einem Frauen- und einem Mannstück, wie er es nannte. Der Herd oder das untere Stück war ein flaches Holzstück, das weicher sein mußte als das Holz des Drehers. Weide, Zeder gaben gute Herde ab, wenn sie trocken und zudem nicht zu alt und brüchig waren. Eine oder zwei Vertiefungen wurden mit einem Obsidianmesser bis zu einer Tiefe von ungefähr sieben Millimeter ausgehöhlt und an einer Stelle eingekerbt. Die Kerbe führte in einen flachen Kanal, der von der Vertiefung bis zum Ende des Herdes geschnitten war. Der Drill, oder das obere Stück, war ein gewöhnlicher, runder Holzstab, der genau in die Vertiefung des Herdes paßte. Ungefähr von der Länge eines Pfeils, aber an einem Ende dicker. Ishi bevorzugte Holz der Gifteiche, aber jedes andere einigermaßen harte Holz tat es auch. Das Feuermachen mit dem Drill bestand nun darin, daß man sich auf ein ganz kleines Fleckchen konzentrierte, denn nur so kann der menschliche Arm schnell und lang genug quirlen, um genügend Reibung zwischen Herd und Drill zu erzeugen und Holz in Hitze zu verwandeln. Ishi legte vor dem Drehen Zunder, trockenes Moos, Distelwolle oder das abgeschabte Innere der Weidenrinde entlang der Kerbe und des Kanals und auf den Boden, wo der Kanal endete. Dann kniete er sich auf den Herd, um ihn festzuhalten. Als nächstes stellte er den Drill aufrecht, das größere Ende in einer der Vertiefungen und drehte es zwischen seinen Handballen hin und her. Kleine Holzteilchen lösten sich von den Seiten der Vertiefung, färbten sich braun, wurden wie Sägemehl, begannen ein bißchen zu rauchen, wurden noch dunkler und von nachfolgenden Teilchen aus der Vertiefung zu der Kerbe gedrängt, den Kanal entlang und so aus dem Herd hinaus. Ishi arbeitete nun schneller und schneller, bis ein winziger Funke zwischen dem pulverisierten Holz glühte. Der eigentliche zündende Funke entstand nicht in der Vertiefung, wo er vom Holzstaub erstickt worden wäre, sondern draußen, in der Kerbe, und von dort wanderte er weiter, breitete sich den Kanal entlang aus und gelangte zu dem Häufchen Zunder auf dem Boden. Als das brannte, fügte Ishi ein kleines Grasbüschel hinzu und ein paar gröbere Späne. Er blies sanft in die junge Flamme, und das Feuer war «gemacht».

Als das Feuer brannte, überließ Ishi Pope die Wartung und streifte in der Nähe umher. Er kam mit einigen Salbeiblättern und Kräutern zurück, mit denen er die Steaks belegte. Pope streckte sich aus, lag auf dem Bauch und sah Ishi zu. Er sah zu, wie Ishi durch Fächeln mit einem Zweig das Holz zu schneller Hitze brachte, und sog dann den Duft des Fleisches und der Kräuter ein. Zum Essen hatten sie die Steaks auf flachen Steinen aus dem Bach liegen, die Ishi am Feuer gewärmt hatte.

Nach dem Essen zeigte Dr. Pope einige Zauberkunststücke, die er gelernt hatte, um seinen Sohn zu unterhalten. Er konnte Münzen zwischen den Fingern verschwinden lassen und weiße Bälle aus dem Mund holen, die er dort gar nicht hineingegeben hatte. Er erriet Karten, die Ishi sich gemerkt hatte, und er konnte einen dicken Knoten von einem Seil wegblasen.

Ishi war fasziniert. Er hatte nicht gewußt, daß Dr. Pope ein so guter «kuwi», das ist ein Zauberdoktor, war. Eigentlich hatte er immer ein bißchen an der Kunst Dr. Popes gezweifelt. Pope zündete in den Zimmern der Kranken kein Feuer an, räucherte sie nicht aus und streute keinen Tabak auf die Türschwelle, was bekanntlich am meisten half.

Jetzt hatte er aber gezeigt, daß viel mehr in ihm steckte. Schade nur, daß er dies nie in seinem Krankenhaus machte, sondern dort immer die gleichen weißen Pillen gab oder den Leuten den Bauch aufschnitt.
Glücklich wanderten sie am Abend zurück. Und Pope sagte immer wieder: «Das war ein wundervoller Tag. Mensch, Ishi, was hatten wir für eine schöne Zeit! Wir müssen das wieder machen. Und zwar sehr bald.» Er hatte unlängst im Schaufenster einer Buchhandlung ein Buch über das Bogenschießen gesehen, das wollte er sich kaufen, um sein Wissen zu vertiefen.
Ishi lächelte nur. Und am nächsten Tag, einem verregneten Sonntag, begann er im Museum einen neuen Bogen zu schnitzen. Aus Hickoryholz. Ein Bogen für die Größe von Dr. Pope und in der Stärke richtig für seine Finger.

Ishi lernte von Tag zu Tag mehr, sich in der Welt der Weißen in der für ihn größten Stadt der Erde zu bewegen. Juan Dolores hatte ihn endlich davon überzeugen können, daß es für ihn besser sei, Schuhe zu tragen.
Lange hatte Ishi sich allen Versuchen Juans widersetzt. «Wenn ich auf den Boden sehe», hatte er gesagt, «was sehe ich? Steine. Nichts als Steine. Steine machen Schuhe kaputt. Meine Füße werden nicht kaputt.»
Aber dann hatte er doch in Begleitung von Juan Dolores beim Schuhmacher in dem kleinen Geschäftsblock in der Seventh Avenue Schuhe gekauft. Die weichsten Schuhe, die sich finden ließen, mit einer elastischen Sohle. Seit damals plauderte Ishi immer ein bißchen mit dem Schuhmacher, wenn er einkaufen ging und den Handwerker und Händler vor seinem Lädchen traf. Er rauchte eine Pfeife mit ihm,

und sie sagten etwas zum Wetter oder zu dem, was Ishi kaufen wollte oder schon gekauft in seiner Tüte hatte.
Ishi hatte schnell einkaufen gelernt. Mit der Witterung des Jägers hatte er bald heraus, was ein gutes Angebot war und was ein schlechtes. Er deutete im Lebensmittelladen auf die Ware, die er zu erstehen gedachte, und fragte: «Wievielist?»
War der Preis nach seiner Einschätzung zu hoch, sagte er: «Zuvielist», und suchte sich etwas anderes aus. Nur wenn er den Preis für angemessen hielt, kaufte er.
Einmal wagte er, auf das Wunderding, durch das er schon die Sterne gesehen hatte, zu deuten. «Wievielist?» Seine Stimme war belegt, so aufgeregt war er.
Und als der Kaufmann sagte, daß Ishi die Röhre für 15 Cent haben könnte, meinte er falsch gehört zu haben. Solch ein Wunder um so wenig Geld?
«Wievielist?» fragte er deshalb noch einmal und deutlicher.
Der Mann mußte dumm sein. Er wollte für das Wunder wirklich nur 15 Cent.
Und so ging er dann überglücklich nach Hause. Er hatte außer dem Wunder Brot und Honig gekauft, harten Käse und frischen Lachs, Dörrpflaumen, Eier und einiges Gemüse und das, was er am liebsten aß: kalifornische Pfirsiche.
Daheim in seinem Zimmer, das er peinlich sauber hielt, packte er alles aus. Zuletzt das Kaleidoskop. Sein Herz begann zu klopfen, als er es nur ansah. Dann trat er mit der bunten Blechröhre ans Fenster, hielt das Wunder vor die Augen und drehte es. Er faßte es nicht. Keiner seiner Freunde hatte ihn auf das Herrlichste aufmerksam gemacht, was der weiße Mann zu bieten hatte. Nur ein Gott

oder ein Halbgott konnte so etwas erfunden haben.
Im Büro stand ein Safe und außerdem saß da seit neuestem ein junger Mann, der sehr nett und freundlich zu Ishi war. Es war Edward Gifford, der neue Assistent von Professor Kroeber. Der junge Mann öffnete bereitwilligst den Safe, wenn Ishi ihn darum bat. In einer Ecke des Safes standen Blechhülsen für Rollfilme. Die gehörten Ishi und in jeder dieser Blechhülsen gingen genau vierzig halbe Dollarstücke hinein. Die Hülsen waren voll und bildeten Ishis Schatz. Hatte er früher seine Vorräte in Bäumen und Felsnischen untergebracht, so hatte er jetzt den Safe. Er holte sich seinen Schatz heraus und schüttete das Geld auf den Tisch, auf dem er einst seine Unterschrift geübt hatte.
Er zählte sorgfältig und genau, was der junge Edward Gifford nur für eine Art Spiel hielt, denn er wußte wie Waterman und Kroeber, daß Ishi nur bis zehn zählen konnte. Waterman und Kroeber hatten schon bei früherer Gelegenheit Ishi gebeten zu zählen, was Ishi auch gern anhand seiner Finger tat.
Er zählte: «baiyu, uhmitsi, bulmitsi, daumi, djiman, baimami, uhmami, bulmami, daumima, hadjad.» Bei zehn – «hadjad» – hörte Ishi auf.
«Weiter», sagte Waterman. «Los, zähl weiter. Was kommt nach hadjad?»
«Nichts», sagte Ishi verständnislos.
«Nichts weiter.»
Die zwei Professoren guckten einander ratlos an. Das Zählsystem aller anderen drei Yana-Dialekte stimmte fast überein, abgesehen von Eigenarten der Betonung oder einiger Konsonantenverschiebungen. Aber sowohl die Nord- wie die Mittel- und die Südyana hatten mühelos weitergezählt.

War das Zählen nun nur Ishis schwache Seite oder versagte hier der ganze Stamm der Yahi?
Den Professoren blieb dies ein Rätsel.
Nun aber kam Kroeber ins Zimmer, als Ishi gerade seinen Silberschatz auf dem Tisch ausgebreitet hatte und wieder begann, Türmchen zu stapeln. Die Türmchen waren so hoch, als enthielten sie die vierzig Stück, die in eine Rollfilmbüchse hineingingen.
Kroeber trat hinzu und wies auf einen Turm: «Wieviel?» fragte er. «Wieviel Geld ist das?»
Ishi blickte auf, lächelte und sagte, als sei das eine sehr kindische Frage: «daumistsa» – vierzig.
«Und der halbe Turm?» Kroeber war nun richtig gespannt.
Ishi lachte noch mehr: «uvhsiwai» – zwanzig.
Und so ging es weiter, drei halbe Türmchen waren «baimamikab» – sechzig, und zwei volle Türmchen waren «bulmamikab» – achtzig. Ishi und die Yahi konnten also doch zählen! Kroeber ging jetzt über hundert und auf ungerade Zahlen, alles zählte Ishi, aber er zählte nur, wenn er etwas zu zählen hatte. War nichts zum Zählen da, zählte er nicht. Für ihn war eine Zahl nur vorstellbar in Verbindung mit etwas, das gezählt werden konnte. Waren das nun Kaninchen, Vögel, Fische, Schmuckstücke, Steine oder Münzen.
Kroeber stürzte sofort zum Telefon, um Waterman anzurufen und ihm die Entdeckung mitzuteilen.
Ishi verstand nicht ganz, warum Kroeber sich so freute, wo die Münzen doch gar nicht ihm gehörten, sondern Ishi.
Sorgfältig steckte er die Vierzigertürmchen in die Büchsen, verschloß sie und übergab sie wieder Gifford.
«Stimmt», sagte Ishi lächelnd und sah zu, wie Gifford das Geld wieder auf seinen Platz im Tresor stellte und sorgfältig abschloß.

«Ishi», sagte Gifford nachher, «meine Frau würde gern einmal mit dir in den Wald gehen, du kennst doch viele Kräuter, sie möchte das von dir lernen.»
Ishi begriff. «Wann?» fragte er.
«Nächsten Samstag?» fragte Gifford.
Ishi nickte.
«Fein», sagte Gifford, «und nachher kommst du mit zu uns. Es gibt ein gutes Dinner, und wenn du willst, kannst du bei uns übernachten.»

Ishi ging mit Delila Gifford in den Sutro Forest, wo er schon zweimal mit Popy gewesen war. Aber diesmal wurde es ein ganz anderer Waldtag. Als sie die ersten Schritte im Wald machten, befielen Ishi Zweifel, ob Mrs. Gifford tatsächlich eine «saltu» war. Sie bewegte sich anders, sie benahm sich anders. Sie erweckte den Eindruck, als wäre sie hier zuhause. Ihre Schritte waren kaum zu hören. Nie trat sie achtlos auf einen dürren Ast. Und außerdem war sie sehr gut erzogen, sie redete ihn an, ohne seinen Namen zu nennen.
Als sie auf ihrem Streifzug eine kleine Pause machten, setzte sie sich ins trockene Moos und lehnte sich an einen Baumstamm.
Er war stehen geblieben und setzte sich erst, als sie mit ihrer Linken auf den Moosteppich klopfte.
Ishi verhielt sich allen Frauen gegenüber, und er hatte jetzt nurmehr mit weißen Frauen zu tun, streng nach Yahi-Etikette. Nie hätte er als erster eine Frau angesprochen, immer wartete er, bis er angesprochen wurde. Er machte dabei auch keinen Unterschied zwischen jung und alt. Sein Benehmen änderte sich nicht, ob er nun Frau Waterman,

ihre Tochter oder ihre Schwiegermutter vor sich hatte. Er sah nie eine Frau direkt an. Auch das galt bei den Yahi als unschicklich.
Alle Frauen, die mit Ishi zu tun hatten, mochten ihn sehr, sie schätzten ihn und sie sprachen nur mit großer Achtung von ihm.
Und nun saß Ishi neben Mrs. Gifford und spürte, daß sie anders war. Er spürte, daß ihr das Moos vertraut war und der Baum, an den sie beide ihren Rücken lehnten. Jetzt teilte sie ihr Brot mit ihm, brach es in der Mitte durch und reichte ihm eine Hälfte. Nachher holte sie eine große Traube aus der Tasche und deutete ihm, daß er sich eine Beere herunterzupfen solle. Ishi schüttelte den Kopf und machte ihr verständlich, daß sie beginnen solle. Und so pflückten sie – immer er nach ihr – die Traube leer, und er bestand darauf, daß seine letzte Beere noch sie nehmen müsse.
Später pflückten sie einige Kräuter, und einige grub Delila Gifford aus, um sie in ihren Garten einzusetzen. Einmal hielt sie mitten in ihrer Arbeit inne und legte ihre Hand auf seine, er verstand sofort und bewegte sich nicht. Im Dikkicht auf der anderen Seite der Lichtung knackste es, und dann traten zwei Rehe heraus.
Ishi wußte, mit keiner anderen Frau hätte er so stehen können. Vor jeder anderen Frau wären die Rehe auf und davon gelaufen. War Mrs. Gifford eine Yahi-Frau? Ein Blick zur Seite bestätigte ihm, daß sie kaum atmete. Die Rehe kamen, da der Wind aus ihrer Richtung wehte, bis auf etwa acht Meter an sie heran, drehten dann nach links ab und verschwanden wieder im Wald.
Mrs. Gifford und Ishi sahen einander wortlos an und lächelten.

Zum Abschluß saßen sie auf einem Felsblock genauso hoch wie eine Bank. Mrs. Gifford bat Ishi um ein Yahilied. Er stand auf und setzte sich auf einen Felsblock ihr gegenüber und sang. Er hielt den Kopf geneigt, als müsse er sich ganz auf die Worte und die Melodie konzentrieren. Hätte Delila Gifford den Text verstanden, hätte sie das Lied als sehr eigenartig empfunden. Es ging um den Glauben der Yahi, daß jeder Indianer vorher, in einem früheren Leben, ein Tier war. Es nützte nichts, daß ein junger Mann sich fragte, warum das Mädchen, das er liebte und verehrte, ihn nicht wiederliebte, obwohl er schön war und wohlerzogen. Sie liebte einen ganz anderen, nicht so ansehnlichen jungen Mann. Der abgewiesene Verehrer konnte sich noch soviel den Kopf zerbrechen, er wußte nicht, warum er verschmäht wurde. Er fragte eine weise Frau, und die gab ihm zwar nicht die volle Erklärung, aber immerhin einen Schlüssel dazu. Vielleicht bist du eine Wildkatze gewesen und sie eine Singdrossel. Und wie kann eine Singdrossel die Wildkatze lieben, die ihre Jungen gefressen hat?

Als sie einige Minuten still gesessen hatten, fragte Delila, ob Ishi Tierrufe nachmachen könne.

Er konnte einige. Verschiedene Wachtelrufe, das Quieken des grauen Eichhörnchens, das Schnattern der Wildgans, das Heulen des Koyoten und das ängstliche Wimmern, mit dem ein Rehkitz seine Mutter herbeiruft.

Zu seiner Überraschung konnte die junge Frau seine Rufe mühelos nachmachen. Und so gingen sie heim, einige Meter voneinander entfernt, Tierrufe nachahmend und vollkommen in sich versunken.

Nur einmal erstarrte Ishi. Er hatte den Ruf des Bergwachtelhahnes nachgeahmt, mit dem dieser sein Weibchen anlockt.

Und Delila Gifford hatte ganz in Gedanken mit dem leisen Gluckern des Bergwachtelweibchens geantwortet.
Sie war so mit ihrem Gluckern beschäftigt, daß sie den starren Ishi nicht bemerkte.
Eine Stunde später war ihr Ishi behilflich, die ausgegrabenen Kräuter im Kräuterbeet ihres Gartens anzupflanzen. Er schleppte die volle Gießkanne und goß die Kräuter kräftig.
Als Delila Ishi fragte, ob er baden wolle, sagte er sofort ja. Ishi badete im Museum täglich, ganz im Gegensatz zu seinen weißen Kollegen, die fanden, ein Bad zum Wochenende, und höchstens ein zweites zwischendurch, sei eigentlich genug.
Delila Gifford ließ das Wasser in die Wanne planschen und hängte für Ishi zwei frische Frottiertücher über den Bügel. Als sie sich dann in der Küche an die Zubereitung des Dinners machte, kam ihr Mann und fragte etwas befremdet, ob sich ein See-Elefant im Bad eingeschlossen habe.
Sie lachte und fragte: «Wie kommst du auf diese Idee?»
«Hör dir das an», sagte ihr Mann.
Sie schlichen auf den Flur hinaus. Aus dem Badezimmer drang ein Planschen und Prusten, als amüsiere sich eine ausgewachsene Robbe mitten in der Brandung.
«Das ist Ishi», klärte Delila ihren Mann auf. «Du hörst, er nimmt ein Bad.»
«Soll ich die Feuerwehr und den Klempner gleich bestellen oder wollen wir abwarten?» Edward Gifford konnte bei diesem Geplansche unmöglich heiter bleiben. «Wie konntest du ihm nur ein Bad anbieten? Wir kennen ihn beide zu wenig. Schließlich ist er das erstemal in unserer Wohnung.»

«Verzeih, Liebling, aber Frau Kroeber sagte ausdrücklich, daß er der wohlerzogenste Mann sei, den sie kenne, einige Professoren der Universität mit eingeschlossen.»
«Ich plansche nie so», sagte Gifford schmollend wie ein kleiner Junge.
«Aber du singst, Liebling. Und du hinterläßt mir trotzdem eine Überschwemmung. Jedesmal.» Sie ging wieder in die Küche zurück, und ihr Mann folgte ihr maulend.
«Ich mache dieses Bad nicht sauber», raunzte er.
«Als ob du je das Bad saubergemacht hättest, sogar die Wanne muß ich nach dir putzen.»
«Ich bin noch zu kurz verheiratet, um zu wissen, wie man alles richtig macht.»
«Andere Dinge hast du aber viel schneller begriffen», sagte sie und warf ihm einen Blick zu, daß er errötete. Damit sie es nicht merkte, steckte er den Kopf zur Tür hinaus. «Psst», machte er dann.
«Was ist, Liebling?»
«Es ist so furchtbar still im Bad. Ob er ertrunken ist?»
«Als Robbe?» Delila wusch den Salat zwei-, dreimal, und aus dem Bad kam noch immer kein Ton.
«Zwei Minuten warte ich noch», sagte Gifford, «dann verständige ich den Seenotdienst.»
Gifford mußte nicht mehr so lange warten. Vor Ablauf der Frist wurde die Badezimmertür von innen aufgesperrt, und ein strahlender Ishi erschien korrekt gekleidet im Flur.
«Bring ihn schnell ins Eßzimmer», flüsterte Delila, «damit ich das Bad in Ordnung bringen kann.»
Kaum war Edward mit Ishi im Eßzimmer, fragte er: «Nun, wie war euer Tag im Sutro Forest?»
Ishi fand keine Zeit zu antworten. Delila erschien und sagte: «Es war ein wunderbarer Tag, nicht wahr? Ein ganz

wunderbarer Tag.» Und zu ihrem Mann sagte sie mit einem eigenartigen Unterton: «Er ist der besterzogene Mann, den ich kenne. Du könntest dir an ihm ein Beispiel nehmen.»
«Willst du damit sagen, daß ich mich schlecht benehme?» fragte Gifford etwas beleidigt zurück.
Delila tat, als suche sie etwas. «Oh, ich habe eine Haarspange verloren. Würdest du im Bad nachsehen, ob sie dort liegt?»
Edward Gifford ging etwas gekränkt ins Badezimmer, sicherlich wurde jetzt von ihm verlangt, Ishis Aquarium trockenzulegen.
Als er die Tür öffnete, prallte er jedoch zurück. Nicht nur der Fußboden, auch die Wanne war trocken und sauber, und die beiden Badetücher, die Ishi benützt hatte, hingen ordentlich gefaltet über der Stange.
Mißmutig ging Gifford zurück zu seiner jungen Frau. «Ich kann die Spange nicht finden», sagte er.
Delila strahlte Ishi an und sagte mehr zu Ishi als zu ihm: «Verzeih, ich hab das vergessen. Ich trage ja keine Haarspangen mehr.»
Ishi blieb die Nacht über im Haus der Giffords.
Als die Giffords schlafen gingen, sagte Edward: «Er ist ein sehr merkwürdiger Mann. Hast du dich, ich meine, im Wald war außer euch wohl kein Mensch, hast du dich da nicht ein bißchen gefürchtet? Ich meine, er ist ein Mann ohne Frau . . .»
«Edward!» schalt Delila. «Was hast du für schmutzige Gedanken! Er hat mich nicht mit der Kuppe seines kleinen Fingers berührt.»
«Ich fand, du warst ein bißchen sehr nett zu ihm.»
«Ich bin nur so, wie er zu mir ist. Und ich weiß, er wird die

Distanz von sich aus nie verringern. Ich habe das Gefühl . . .»

«Was für ein Gefühl?»

«Er achtet mich wie eine Frau seines Stammes.»

«Merkwürdig.» Edward Gifford schien ganz in Gedanken versunken.

«Was ist merkwürdig, Liebling?»

«Er hat eine starke Ausstrahlung, nicht?»

«Ja», sagte sie, «die hat er.»

Teil 3

DER MANN HINTER DEM WASSERFALL

Sie waren wieder im Sutro Forest, Popy und Ishi. Popy hatte frischen Lachs gekauft, und Ishi hatte ihn auf seine Art gebraten. Er hatte den Lachs im Bach ausgewaschen, dann seitlich ein paarmal eingeschnitten, mit Kräutern bestreut und auf den zischend heißen Stein gelegt. Zum Lachs hatte es grünen und Tomatensalat gegeben. Und weil Popy den Lachs bezahlt hatte, hatte Ishi als Dessert eine Dose Pfirsiche spendiert und sie redlich geteilt.

Jetzt lagen sie etwa zwei Meter voneinander entfernt im schattigen Moos und verdauten.

Zwischendurch versuchte Ishi, aus Popy herauszubekommen, warum es mehr kranke weiße Männer als Frauen gäbe.

«Ach, laß doch. Ist es nicht herrlich? Hab' ich nicht gut getroffen vor dem Essen?

«Siehst du», sagte Ishi, «du weißt nicht. Du bist kein guter Doktor. Weißer Mann ist mehr krank als Yahimann, weil er bei seiner Frau bleibt, wenn sie das böse Blut ausscheidet. Blut macht krank, Blut macht schwach. Die Yahifrau ging immer in Frauenhaus, bei Sake makale. Nach sechs Tagen kam sie wieder zu starkem gesundem Mann. Auch bei Baby ging Frau in Frauenhaus, kam erst zurück, wenn sie nicht mehr blutete. Vater gesund, Mutter gesund, Kind gesund.

«Das ist doch Unsinn», murrte Popy schläfrig, «das läßt sich doch gar nicht beweisen.»

«So, läßt sich nicht? Wieviel Männer sind im Krankenhaus, wieviel Frauen? Hm?»

«Aber das hat doch nichts damit zu tun.»
«Du redest so, weil du nicht weißt. Frauen und Männer viel zu nahe beisammen im Krankenhaus. Männer werden noch schwächer.»
«Ich bitte dich, kein Wort mehr über das Krankenhaus.»
«Gut», sagte Ishi. «Du schaust auch nicht auf dich.»
«Ich?» fragte Dr. Pope, «was mache ich denn falsch?»
«Ißt Butter. Butter ist nicht gut für Mann, ruiniert Singstimme. Sing!»
Popy war nie ein großer Sänger gewesen, trotzdem machte er jetzt einen Versuch. Er verlief eher kläglich. Ein Vogel in einem nahen Baum flog zeternd davon.
«Kommt von Butter», sagte Ishi triumphierend. «Noch etwas», sagte Ishi nach einer Weile. «Siehst auch nicht auf deinen Kopf.»
«Wieso?»
«Ißt weiche Eier. Weiche Eier nicht gut für Kopf. Macht Erkältungen im Kopf. Harte Eier mußt du essen.»
«Ich werd' mir's merken», sagte Dr. Pope und gähnte.
Aber Ishi war mit seinen Vorwürfen noch nicht am Ende.
«Weißer Mann kocht auch schlecht. Kocht alles viel zu lange. Weißer Mann tut gute Nahrungsmittel in einen Topf voll kochendes Wasser. Läßt es lange Zeit drin. Essen kocht zu fest, zu lang. Fleisch verdirbt, Gemüse verdirbt. Gute Nahrungsmittel werden schlecht. Richtig kochen ist wie Eichelbrei bei den Yahi. Gib kaltes Wasser in einen Korb, lege heiße Steine in Wasser, bis es blubbert. Jetzt Eichelmehl hinzu. Es kocht, ‹pukka-pukka›. Dann ist fertig. Auf die gleiche Art mach Hirsch-Stew oder Kaninchen-Stew. Koch ‹pukka-pukka›. Nicht zu lang. Fleisch fest, Brühe klar, Gemüse gut, nicht weich und auseinandergefallen.»

«Noch etwas?» fragte Popy und gähnte wieder.
«Weißer Mann fürchtet sich vor Klapperschlange.»
«Klapperschlangen sind gefährlich.»
«Weil weißer Mann nicht weiß, was hilft.»
«Und was hilft?» fragte Pope. «Harte Eier essen?»
Ishi schwieg lange, weil er bei Popy Interesse spürte.
«Also was hilft?» fragte Dr. Pope noch einmal und richtete sich auf.
«Kröte hilft oder Frosch.»
Jetzt saß Dr. Pope aufrecht. «Kenne ich», sagte er. «Wenn die Klapperschlange zubeißt, schnell Frosch oder Kröte nehmen und der Klapperschlange in den Mund stecken.»
«Nein», sagte Ishi fast gekränkt, aber doch überlegen. «Kröte oder Frosch auf Klapperschlangenbiß binden. Das hilft.»
«Wirklich?» fragte Dr. Pope.
«Selbst gemacht.»
«Und war es wirklich eine Klapperschlange?»
«War.»
«Ishi?»
«Ja?»
«Würdest du einmal mit mir in euer Land zum Mill Creek und Deer Creek fahren?»
Ishi riß es hoch. «Ich? Nein! Nie mehr!»
«Ich nehme meinen Jungen mit. Und natürlich nehmen wir auch Kroeber und Waterman mit. Ishi, es wird eine herrliche Zeit.»
«Nein!» rief Ishi. «Nie! Hier einen Tag in Sutro Forest, das geht. Aber was machst du viele Tage, wo schläfst du in der Nacht? Es kann kalt sein, naß, neblig. Es gibt Wildkatzen, Berglöwen, Klapperschlangen . . .»
«Wir werden vorher viele Frösche fangen. Jeder muß einen

Frosch in der Hosentasche tragen.»
«Du hast kein Bett, keinen Tisch, keinen Stuhl. Kein Licht, keine Wasserleitung. Kein Haus!»
«Wir nehmen große, feste Zelte mit.»
Ishi schüttelte nur stumm und verzweifelt den Kopf.
Dr. Pope schwieg und sagte nur noch: «Es muß ja nicht morgen sein.»
Aber schon in den nächsten Tagen sprach er zuerst mit Waterman und dann mit Kroeber über seinen Plan. Er schilderte den beiden Professoren in den leuchtendsten Farben, was alles für ihre Wissenschaft bei diesem Unternehmen herausschauen könnte, und versäumte es nicht, auf Ishis erschrockene Ablehnung hinzuweisen. Er lieferte auch eine Erklärung dafür. Ishi dachte sicherlich an seine letzten drei einsamen Jahre oben im Yahiland, und das war ja nun fürwahr kein Honiglecken gewesen. Er fürchtete sicher für sein Leben. Man mußte ihm klarmachen, daß er unter ihrem Schutz stand.
Als Waterman Ishi den Plan unterbreitete, wehrte sich Ishi noch immer. Wiederum zählte er alle Gefahren auf, aber er resignierte bereits. Seine Einwände kamen nicht mehr so eindringlich wie bei Popy. Er saß zusammengesunken auf seinem Stuhl, sah sich in seinem Zimmer um und fragte: «Warum wollt ihr nur dorthin, wo ihr es hier so schön habt?»
In der darauffolgenden Nacht träumte er. Er watete durch ruhiges, sehr klares Wasser. Und das Wasser reichte ihm bis zur Brust, obwohl es nicht tief war. Aber im Traum war Ishi noch ein Kind. Seiner Mutter reichte das Wasser bis zu den Hüften, und sie ging auf einen Wasserfall zu, der einen Baum hoch über eine Felswand herunterkippte. Sie schwammen ein Stück, bis sie wieder Boden unter den

Füßen hatten. Der Wasserfall rauschte so laut, daß er nicht verstand, was ihm seine Mutter zurief. Aber sie sagte etwas, er sah es an ihrem Mund. Er wollte auch etwas rufen, das zerstäubende Wasser, das wie ein großer, kühler Schleier auf ihn zukam, raubte ihm jedoch den Atem. Er wollte rufen, er versuchte es, brachte aber keinen Ton hervor, und er bekam keine Luft . . .
Da erwachte er. Sein Nachthemd klebte auf seiner verschwitzten Haut. Eine Weile überlegte er. Dann ging er zu seinem Schrank, holte eine Glasschüssel heraus, in der noch drei Pfirsichhälften in ihrem Saft schwammen. Ihr Geschmack erfrischte ihn und vertrieb ihm die Angst. Dann legte er sich wieder hin.
Das Licht löschte er nicht mehr.

Am nächsten Tag hörte sich noch Professor Kroeber seine Einwände an. Ishi hatte nicht «du» zum Professor gesagt, sondern die förmliche Yahi-Anrede gebraucht. «Ai' numa», hatte er gesagt, «es ist ein gefährliches Unternehmen.» Und noch einmal brachte er alle Bedenken vor.
Und der mudjaupa hatte ihm sehr aufmerksam zugehört und zum Schluß gesagt: «Ich verstehe dich, aber hast du auch daran gedacht, daß du dort wieder ohne Schuhe gehen wirst?»
Ishi hatte nicht daran gedacht. Er versuchte, sich mit dem Vorhaben seiner weißen Freunde anzufreunden, obwohl es sehr schwer war. Sie wollten alle Stätten aufsuchen, wo er, Ishi, gelebt hatte. Und sie taten so, als wüßten sie nicht, daß überall dort, wo er gelebt hatte, andere gestorben waren. Viele andere. Und auf furchtbare Weise gestorben. Sie taten so, als wüßten sie nicht, daß die ruhelosen Seelen

seiner ermordeten Leute dort, wo sie hinwollten, umherirrten. Männer, Frauen, Kinder. Sie machten ihm keine Freude mit dieser Reise. Sie weckten nur Erinnerungen, die er trotz einiger Anstrengungen noch immer nicht vergessen hatte. Und der mudjaupa, der big chiep, verstand ihn nicht, wenn er sagte: «Ishi, wir nehmen dich natürlich wieder mit zurück hierher ins Museum, denn jetzt ist hier dein Zuhause. Du mußt nicht dort bleiben.»
Nein, sie erkannten nicht sein wahres Problem. Sie wollten Wowunupo mu tetna sehen, sein letztes Versteck in den Felsabstürzen des Cañons. Wo sie zu fünft gehaust hatten, drei Männer und zwei Frauen, seine Mutter und seine Schwester. Später zu viert, als der junge Mann gestorben war. Gehaust hatten fast in Ruhe und Frieden, bis zu dem Tag, da urplötzlich die Landvermesser auftauchten und ihn beim Fischen entdeckten. Er wußte, daß sie am nächsten Tag ihr Versteck finden würden. Und sie fanden es. Oh, Mutter, Mutter, oh, Schwester!
Aber Ishi hatte nicht viel Zeit für schwarze Gedanken. Kroeber, Waterman und Pope begannen die Ausrüstung für das Lager heranzuschaffen. Decken, Zelte, Kochgeschirr, Werkzeuge, Lebensmittel wurden aus den Wohnungen der drei ins Museum gebracht und dort bis zur Abreise ausgerechnet im Gebeineraum des Museums aufbewahrt.
Das alarmierte Ishi aufs neue. Das konnte nichts Gutes verheißen, das mußte Unglück bringen. Er fand, daß ihn Popy am ehesten verstehen würde, und lief ins Krankenhaus hinüber und warnte ihn eindringlich.
«Es ist nicht gut, was ihr macht!» rief er. «Ihr seht nur Gebeine, ihr merkt nicht die Geister. Gebeine sind geschändet, Geister beleidigt. Sie werden Gebeine verlassen und in Essen gehen, in Zelte und Decken und Werkzeug.

Es gibt ein großes Unglück. Ein ganz großes Unglück.»
Popy machte etwas ganz anderes, als Ishi erwartet hatte. Er nickte ernsthaft mit dem Kopf und gestand ihm, daß er bereits daran gedacht habe. Es ginge wirklich nicht an, daß sie die Geister in der Ausrüstung und den Lebensmitteln mit auf die Reise nahmen, da hätte schon die Bahngesellschaft eine Menge dagegen. Und deshalb habe er als «kuwi» alle erdenklichen Gegenmaßnahmen getroffen.
«Was?» fragte Ishi.
«Es liegt nichts offen herum. Alles ist verschlossen, eingesperrt, zusammengebunden, in Kartons verpackt und verschnürt, in Büchsen gelötet, sogar in Säcke eingenäht. Es ist unmöglich, daß deine Geister irgendwie in die Dinge hineinkommen.»
Und da Ishi ja wisse, daß er Zauberknoten schlingen könne, habe er die so angelegt, daß die Geister sie nicht öffnen könnten, sich höchstens selber in den Knoten verfingen. Und dann könne man sie ja leicht in die Gebeine zurückdrängen.
Ishi ging einigermaßen beruhigt weg. Er rauchte nicht mehr vor der Abreise, hielt sich auch mit dem Essen zurück und badete noch sorgfältiger als je zuvor.
Den Salon im Pullmancar, den Kroeber bestellt hatte, fand er dann auch so prächtig, daß er schon vor der Abfahrt zusehends das Interesse der anderen Reisenden für die seltsame Gruppe auf sich lenkte und im noblen Salon die Höflichkeitsbezeugungen des Zugpersonals, das interessiert nach Bogen und Pfeilen schielte, genoß.
Er begann alles mit dem elfjährigen Saxton Pope zu inspizieren, der sich genauso wie sein Vater auf das Unternehmen gefreut hatte. Während Kroeber, Waterman und Pope sich von ihren Frauen verabschiedeten, suchten die beiden

herauszufinden, wie man das Herunterklapp-, das Herauszieh- und das Umdrehbett am besten in die richtige Lage bekam. Sie knipsten verdeckte Wandleuchten ein und aus und studierten die private Toilette mit Waschgelegenheit, an die kein anderer Reisender herankam.
Ishi wollte auf dem obersten Bett schlafen, weil er da ein wenig zu klettern hatte. Und dann war da noch ein Knopf neben der Schiebetür, mit krausen Zeichen darunter. Ishi wollte nicht den hochaufgeschossenen Saxton fragen, wozu dieser Knopf diene, sondern drückte einfach auf ihn. Kurz darauf erschien der Kellner und fragte nach ihren Wünschen. Saxton Pope junior errötete, aber Ishi zeigte sich der Situation gewachsen. Er bestellte Bier, Wasser und Zucker.
Der dunkelhäutige Kellner riß die Augen auf, aber dann verneigte er sich und kam sehr bald mit dem Gewünschten und zwei Gläsern wieder.
«Bier ist gut», sagte Ishi zu Saxton, «aber man muß es mit viel Wasser verdünnen und Zucker dazugeben, dann ist es auch gesund.»
Nachher reichten die Damen noch die Hand zum Fenster herein, um sich von Ishi zu verabschieden, und er lächelte sein altes Lächeln und sagte seinen Abschiedsspruch, als der Zug sich schon in Bewegung setzte: «Ihr bleibt, ich gehe.»

In Vina, nördlich von Oroville, verließen die fünf den Zug. Ishi reichte einen großen Teil des Gepäcks dem Schaffner hinaus, der es auf dem Bahnsteig stapelte. Als er dann als letzter den Zug verließ, ließ er nobel und dezent ein 25-Cent-Stück in die Hand des verblüfften Schaffners gleiten.

«Für deine Mühe», sagte er würdevoll und zuckte schon im nächsten Augenblick erschreckt zusammen.
Kroeber und Waterman unterhielten sich mit einem Mann, einem Rancher, den er kannte.
Schlagartig verwandelte sich der Maitag in einen naßkalten nebligen Spätherbsttag, er sah sie auf dem Bärenpfad auftauchen, den Rancher und dahinter die weißen Männer, die ihn am Vortag beim Fischen entdeckt hatten. Er hatte gewußt, aus welcher Richtung sie kommen würden, und sie vor Wowunupo mu tetna im dichten Unterholz erwartet. Der Rancher ging voran, und er wollte wenigstens noch einen Weißen töten, und daher mußte er auf den Rancher früh genug schießen. Er schoß zu früh, verfehlte allerdings sein Ziel nur knapp. Er hatte eine Menge Entschuldigungen für sein Versagen, den Nebel, die Kälte, die den Bogen starr machte, nicht zuletzt seine kranke Mutter, der er vorher Bandagen aus Hirschleder um die Beine gewickelt und die er dann mit Fellen zugedeckt hatte. Ihre Schwäche hatte sich gewiß auf ihn übertragen. Er traf nicht. Er hatte zum erstenmal einen Menschen töten wollen. Es war keine Jagd gewesen. Er hatte gezittert. Er war den Felshang hinaufgeklettert und hatte sich hinter jungen Kiefern versteckt, den Schrei eines Hähers hatte er nachgeahmt, und kurz danach hatte er seine Schwester mit dem alten Onkel davoneilen sehen, in die andere Richtung, so gut der Alte konnte . . .
Ishi machte sich am Gepäck zu schaffen, da rief Kroeber: «Daß ich's nicht vergesse, Mr. Apperson, hier ist unser Mr. Ishi, der in sein Land zurückgekommen ist.»
«Willkommen in Ihrem Land, Mr. Ishi!» sagte Mr. Apperson, der Rancher, und streckte Ishi die Hand entgegen, die dieser nur zögernd ergriff. «Auch mein Sohn freut sich, Sie

kennenzulernen. Er hat schon 1909 – oder war's noch 1908? – mit Professor Waterman nach Ihnen gesucht.»
Ishi schwieg und lächelte unergründlich. Mehr konnte man wirklich nicht von ihm verlangen. Appersons Rinder weideten dort, wohin die Yahi immer im Sommer gezogen waren, und fast schien es ihm, als zöge ein Schwall würziger Bergluft, der harzige Duft der Kiefern und der Geruch der vielen Blumen, die dort einst geblüht hatten, hinter dem abfahrenden Zug einher. Es war wieder Mai.
Etwas später erkannte er, daß die beiden Appersons nützlich waren. Der mudjaupa, Watamany und Popy standen etwas hilflos mit ihrem umfangreichen Gepäck vor den Packmulis und wußten nicht recht, wie sie ihr Zeug an den Tieren befestigen sollten. Ihr Unverständnis machte die braven Tiere nervös. Und da Ishi selbst auch wenig von Pferden verstand und sie seinerzeit nur als das Wild der Weißen angesehen hatte, weil sie frei herumliefen, hielt er sich im Hintergrund und machte mit dem elfjährigen Saxton nur Handreichungen, bis er gesehen hatte, wie man die Mulis belud.
Auf das Reitpferd zu steigen, war schon schlimmer, der Blick von oben hinunter irritierte ihn zunächst, aber mit jedem Schritt wurde er mit seinem Reittier vertrauter. Sein Pferd war ein kluges Tier, das offensichtlich begriff, daß es mit ihm besser dran war als jenes, das Professor Waterman zu schleppen hatte, der mit weitabgespreizten Beinen ziemlich hölzern im Sattel saß.
Ein Glück, daß die Appersons sich um die Packpferde kümmerten, denn Ishis Freunde und er selbst waren genug damit beschäftigt, sich im Sattel zu halten.
Es war ein Maitag im Jahr 1914. Das Laub an den Bäumen und Sträuchern war von frischem Grün, die Fichten hatten

ihre hellgrünen Austriebe, wilde Bienen summten in der Luft, und Scharen von Faltern waren unterwegs.
Der Deer Creek führte reichlich Wasser. Sein Rauschen begleitete die Expedition.
Schlug Ishis Herz schneller? War es nicht das alte Rauschen geblieben? Konnte er seine bösen Erinnerungen verdrängen? Wowunupo mu tetna war zum Greifen nahe.
Er war in eine schreckliche Zeit hineingeboren worden. In eine Zeit der Angst und des Gehetztseins. Wenn er je zurückdachte, versuchte, sich an sein erstes Erlebnis zu erinnern, dann war es diese seltsame Begebenheit, da ihm seine Mutter den Mund zuhielt und er nicht wußte, warum sie das tat und warum sie dabei so zitterte. Daran konnte er sich erinnern. Es war der längste Weg zurück. Heute konnte er sich das nur so erklären, daß seine Mutter sich vor Weißen versteckte und sie ihm den Mund zuhielt, damit er nicht sie und die anderen verrate. Die Weißen mußten damals sehr nahe gewesen sein, sonst hätte seine Mutter nicht gezittert.
Heute bewegte er sich in *seinem* Land, wie er das nie in früheren Zeiten hätte wagen dürfen. Und wenn er den schwitzenden big chiep schimpfen hörte, daß das ein verdammt schmaler und beschwerlicher Weg sei, dann lächelte er nur. Der mudjaupa war nie die Pfade der Yahi gegangen, die kein Weißer erkannte.
Wer hier mitreden wollte, mußte sie gegangen sein, mit bloßen Füßen, der mußte die Wanderung zu den Höhen des Waganupa mitgemacht und im Herbst die Vorratskörbe zurückgeschleppt haben, vier, fünf lange Tage.
Im undurchdringlichen Dickicht hatten sie sich zusammengedrückt, in fast unzugänglichen Höhlen in den Cañons, bis sie wieder in ihrem Winterdorf waren. Sie und ihre

Vorratskörbe. Und schon am nächsten Tag hatten sie die Vorräte im Umkreis versteckt, in die Bäume gehängt, unter Steine gelegt, vergraben, wie die Eichhörnchen.
Mittags machten sie heute nur eine kurze Rast im Schatten von ein paar Eichen. Seinen Eichen.
«Na, was sagst du?» fragte der big chiep. Und Ishi lächelte. Was sollte er sagen?
«Wie gefällt es dir in deiner Heimat?» fragte Popy und musterte gespannt Ishis Gesicht.
«Was ist ‹meine Heimat›?» fragte Ishi zurück.
«Na, ganz einfach, dein Zuhause.»
«Mein Zuhause ist im Museum», sagte er und sah zu Watamany hinüber, der sich die Beine vertrat und verzweifelt Kroeber fragte: «Meinen Sie, ich werde je wieder in der Lage sein, einen Fuß neben den anderen zu stellen?»
Dort, wo der Sulphur Creek in den Deer Creek einmündet, eine Stelle, die Ishi gut kannte, fanden sie eine Lichtung, etwa 1200 Quadratmeter groß. Hier wollten sie ihr Basislager errichten. Der Platz war geradezu ideal. Sie hatten Sonne und Schatten, das Wasser lief ihnen sozusagen in die Hand, und der Boden war trocken.
Mühsam rutschten Popy und Waterman aus dem Sattel, standen eine Weile mit gegrätschten Beinen und sprachen von ihrem Kreuz. Kroeber ging stocksteif auf und ab, als hätte er das lange nicht mehr versucht. Nur Ishi und der junge Saxton waren noch einigermaßen fit. Sie halfen dem jungen Apperson, das Gepäck von den Tragtieren zu heben, während der Alte die Sättel von den Reitpferden herunterholte, dann liefen die Pferde ans Wasser und begannen nachher zu grasen.
Ishi begab sich mit Saxton in den Wald, um trockenes Brennholz herbeizuschaffen. Etwas später kamen Popy

und Watamany nach, aber sie nahmen sehr oft das falsche Holz. Ishi mußte ihnen einen Vortrag halten. Als sie zurückkehrten, war es gerade Zeit, Kroeber beim Aufstellen der Zelte zu helfen. Er kam mit den beiden Appersons nicht ganz zurecht. Schließlich stellte sich heraus, daß nicht er, sondern die Appersons recht gehabt hatten.

Da geschah etwas ganz Seltsames. Die Appersons fanden, daß Ishi nicht so faul war, wie sie es von einem Indianer erwartet hatten, im Gegenteil, sie wunderten sich über seine diversen Handfertigkeiten, seine rasche Auffassungsgabe, seine allgemeine Verwendbarkeit, während ihnen die drei Doktoren mit ihrer Studiertheit ziemlich dämlich und ungeschickt erschienen.

Kaum stand das eine Zelt, zwar noch ein bißchen windschief, aber immerhin, stolperte Kroeber über eine Verspannungsschnur, und das stolze Gehäuse fiel in sich zusammen.

Als es dann ans abendliche Kochen ging, verbrannte sich Watamany die Finger, weil er offenbar vergessen hatte, daß das Wasser, in dem man Eier hartkochte, zu heiß war, um die Eier mit den Fingern herauszuholen.

Dr. Pope war noch der Geschickteste von den dreien. Er kam jedoch gegen Abend pitschnaß vom Deer Creek zurück. Er hatte gleich Ishi versucht, einen Fisch zu stechen, und war durch die Wucht seines Zustechens aus dem Gleichgewicht geraten und ins sehr kühle, schnelle Wasser geplumpst, natürlich ohne einen Fisch an der Harpune zu haben.

Die beiden Appersons grinsten verstohlen. Sie wußten nicht, daß sie keinen Augenblick unbeobachtet waren. Ishi ließ sie nicht aus den Augen. Er wußte eine Menge von den beiden. Er hatte sie schon vor Jahren auf den Hängen

des Waganupa beobachtet, als sie ihre Rinderherden hinaufgetrieben hatten.
Ishi wußte noch viel mehr. Er kannte die Vorratskammer ihrer Ranch von innen. In seiner Verzweiflung, als er schon allein war, hatte er sich an Appersons Haus herangeschlichen und gewartet, bis der Augenblick günstig war. Er war nur zwei-, dreimal günstig. Da hatte er zusammengerafft, was er in die Finger bekam, nur keine Blechdosen, und war gerannt, was er konnte.
Auch Schafe hatten die Appersons. Zwei-, dreimal konnte Ishi die Hunde überlisten und sich ein Lamm greifen. War das schlimm? Die Rancher hatten das Land der Yahi genommen, hatten alles an sich gerissen und verteidigten es mit ihren Gewehren. Die Rancher hatten seine Leute in den Hunger getrieben und sie getötet, wenn sie sich etwas holten, und nicht nur dann. Sie hatten «Guards» aufgestellt, die nur einem Zweck dienten, jeden Yahi zu töten, den man aufstöberte. Kein Yahi hätte je einen Weißen bestohlen, hätten die Weißen den Yahi nicht ihr ganzes Land ohne jede Entschädigung genommen.
War es wirklich möglich, daß sie ihn nicht kannten? Hatten sie ihn nie in ihrer Nähe gesehen? Waren sie tatsächlich so ahnungslos, damals wie heute, wie sie sich gaben? Gewiß, wenn er sich ein Lamm geholt hatte, vielleicht waren es insgesamt vier gewesen, dann hatte er, da er allein war, Spuren zurücklassen müssen. Es war keine Frau mehr da, die das Fell gerbte oder das Fleisch trocknete. Er selbst konnte kaum noch Vorräte anlegen. Er nahm sich das beste Fleisch und lockte mit seinem Ruf wilde Tiere heran, bevor er sich wieder auf den Weg machte. Er lachte, wenn er etwas später aus einiger Entfernung das fauchende Gezänk um den Rest seiner Beute hörte.

Nachdem Waterman nur eine Fahne beißenden Rauchs anstatt eines Lagerfeuers zustande gebracht hatte, übernahm Ishi, assistiert von Pope senior und junior, das Geschäft. Besonders der blondschopfige junge Saxton hatte schnell begriffen, wie man es macht. Ishi konnte den beiden die Wartung überlassen.

Als er sich erhob, stand der junge Apperson direkt vor ihm. Der Bursche lächelte verlegen, und Ishi lächelte zurück.

«Gibt es noch wilde Tiere hier?» fragte Ishi.

Der Junge nickte. «Wir schießen hin und wieder 'ne Katze oder einen Koyoten. Aber es gibt noch 'ne Menge.»

«Richten sie Schaden an?» fragte Ishi lauernd.

«Hin und wieder. Nicht mehr so viel wie früher. Früher haben sie sich öfter mal ein Lamm geholt.»

«Dave!» rief da der alte Apperson von den Pferden her seinen Sohn, und der tippte an seinen Hutrand und ging.

«Wissen nichts», sagte Ishi halblaut und atmete erleichtert auf.

Popy wollte, daß Ishi eine Geschichte erzählte. Er kannte so hübsche Geschichten.

Ishi sah zum Himmel hinauf. Das Blau des Tages verblaßte zwar, aber es war noch nicht dunkel genug, um mit einer Geschichte zu beginnen. Er hockte sich ans Feuer und stopfte sich seine Pfeife.

Als er sie ausgeraucht hatte, konnte man die ersten blassen Sterne erkennen, das war die richtige Zeit für eine Geschichte. Er begann lächelnd:

«Waldentenmann war ein kräftiger junger Mann, ein großer Jäger. Er hatte so viele Vorräte, daß die Sonne sich erhob, über den Himmel wanderte und sich zum Westen hin senkte, während Waldentenmann die ganze Zeit gelassen auf seinem Lager aus Kaninchenfell lag. Er war unverheiratet, aber gut versorgt. Seine beiden Schwestern, die bei ihm lebten, verwöhnten ihn und taten alles, was er ihnen befahl. Er sang und jagte zwischendurch und eines Tages bemerkte er ganz richtig: ‹Ich nehme an, viele junge Frauen sprechen von mir und haben keinen sehnlicheren Wunsch als den, mit mir verheiratet zu sein.› Und dann sagte er zu seinen Schwestern: ‹Achtet darauf, daß ihr die Körbe aller jungen Mädchen, die kommen, um mich zu besuchen, gut mit Hirschfleisch und mit Lachs füllt. Ich will das so.›

Der Waldentenmann war ein Mann, der lieber hin und wieder herumtändelte, aber nicht heiratete. Wie er vorausgesagt hatte, kamen eine Menge heiratslustiger junger Frauen zu ihm auf Besuch, um ihren Liebreiz auszuspielen, sich nach seinen Wünschen zu richten und eine längere oder kürzere Zeit mit ihm zu verbringen. Alle wurden wieder weggeschickt, aber keine ohne gefüllten Korb.

Es kamen Wasserhuhnfrau und Wasserwanzenfrau, Fledermausfrau, Fischfrau und Eichhörnchenfrau. Da war Feuersteinfrau und Regenbogenfrau und Muschelfrau und Perlmuttfrau. Der Gastgeber beklagte sich über Fuchsfrau, die aussah, als habe sie keine Augen, über Skunkfrau, die zu stark roch. Die Bergwachtelfrau wurde aufgefordert, sich hinzusetzen und es sich gemütlich zu machen, aber auch sie wurde später wieder weggeschickt.

Braunbärfrau brachte süßduftende Kräuter und Wurzeln, aber selbst sie wurde wieder verabschiedet. Zahnschnekkenfrau war sehr hartnäckig. In der Zeit, die sie mit Waldentenmann verbrachte, zitterte und bebte sein ganzes Haus von ihren Streitereien, endlich gelang es ihm mit einiger Mühe, sie hinauszuwerfen. Magnesitfrau bekam außer dem üblichen Hirschfleisch und Lachs auch noch

Perlen. Und Morgensternfrau bekam neben Perlen und Perlmuttschmuck auch noch Nahrungsmittel. Waldentenmann muß von Morgensternfrau sehr beeindruckt gewesen sein.
Waldentenmann rief seinen Schwestern zu, Blaukaninchenfrau wegzubringen, aber erst, wenn es heller Tag war. Von der Biberfrau sagte er: ‹Bringt sie weg. Sie redet Blödsinn.›
Sogar Schildkrötenfrau fuhr nicht besser als die anderen, obwohl sie schon etwas Besonderes war. Sie trug ein Hemd aus Elchhaut und hatte das College besucht.»
Ishi machte eine Pause. Seine Gefährten, selbst der junge Apperson, sahen sich unsicher an. Der alte Apperson war, den Kopf auf einem Sattel, eingeschlafen.
«Und?» fragte Kroeber. «Wie geht die Geschichte weiter?»
«Ganz einfach», sagte Ishi. «Eines Tages bemerkte Waldentenmann zu seinen beiden Schwestern ganz richtig: ‹Ich nehme an, viele junge Frauen sprechen von mir und haben keinen sehnlicheren Wunsch, als mit mir verheiratet zu sein.› Und dann sagte er zu seinen Schwestern: ‹Achtet darauf, daß ihr die Körbe aller jungen Mädchen, die kommen, um mich zu besuchen . . .›»
«Danke!» rief Waterman, «wir wissen bereits.»
«Wieso?» fragte der junge Apperson. «Kennen Sie die Geschichte?»
«Nein», sagte der elfjährige Saxton, «das ist eine Geschichte, die nie aufhört.»
«Jaja», sagte Waterman zum jungen Apperson, «das steht dir alles noch bevor, Dave. Oder hast du schon eine nicht weggeschickt?»
«Ich wüßte schon eine», sagte Dave, «in Tehama, aber Dad will nicht so recht . . .»

Die anderen redeten weiter, das Mädchen in Tehama brachte offensichtlich für den alten Apperson nicht genug mit in die Ehe. Es war das alte Lied.

Ishi legte nun armdickes, dürres Holz in das Feuer und starrte in die Flammen. Nie hatte er als Mann in seinem Land so sorglos Holz in die Flammen legen können wie heute. Und da drüben lag Apperson, den er hatte töten wollen, und schlief, den Kopf auf einem Reitsattel. Er schnarchte.

Was ist anders? fragte sich Ishi.

Einige Tage vergingen, wie Maitage vergehen sollten. Unbeschwert von Ängsten, fast heiter. Die zwei Professoren und der Doktor legten ihre Würde und oft auch ihre Kleider ab, was Ishi nie tat. Und manchmal schien es, als hätten sie die wissenschaftlichen Ziele ihrer Reise vergessen. Hatte es diese wissenschaftlichen Ziele überhaupt gegeben?

Ishi fragte sich immer wieder: Was war anders?

Er konnte aufrecht über die Wiesen am Fluß gehen, im hellsten Sonnenschein, das war anders. Er schlief mit zwei Weißen, Popy und seinem Sohn Saxton, im Zelt. Er lehrte Saxton sogar den Rundtanz der Yahi, das war anders. Er brauchte dem Rancher Apperson aus Hunger nichts mehr zu stehlen. Auch das war anders.

Aber konnte er sich darüber freuen?

Manchmal freute er sich sehr. An dem Morgen zum Beispiel, als sie zur Hirschjagd aufbrachen, die anderen noch etwas verschlafen, er hellwach, mit geschärften Sinnen, im Lendenschurz wie früher. Schon einmal waren sie nach einem Hirsch unterwegs gewesen, aber da hatten weder

Pope noch Waterman und Kroeber auf ihn gehört. Sie hatten sich morgens mit Seife gewaschen und am Abend zuvor noch geraucht. Der Hirsch hatte sie gewittert. Sie sahen keinen.

An diesem Morgen aber hatten sie sich nur mit klarem Wasser gewaschen, er, Ishi, hatte sogar ein Bad im Deer Creek genommen und lange den Mund gespült. Und sie alle hatten zwei Tage nichts geraucht. Er hatte obendrein noch gefastet. Popy war mittlerweile ein guter Bogenschütze geworden, aber ein Ziel zu treffen machte noch nicht den Jäger aus. Er mußte sich erst bewähren.

Ging ein Yahi auf die Jagd, so sonderte er sich sogar vorher von seiner Frau ab. Er schlief nicht mehr bei ihr, um stark und rein zu sein für die Jagd.

Auf dem Weg, der steil bergan ging, mußte er seine Freunde immer wieder aufhalten. Sie gingen zu schnell. Sie kamen ins Schwitzen. Der Hirsch roch das. Er hatte die größte Mühe, ihnen beizubringen, so zu gehen, daß sie sich nicht erhitzten.

Was war anders, als sie mit dem Hirsch zum Lagerplatz zurückkamen?

Vieles war anders. Da waren die beiden Appersons, und die sagten: «Oh, ein Hirsch. Glück gehabt diesmal.» Das war alles. Sie ehrten den Hirsch nicht, der für sie gestorben war. Nur er sagte, er brauche seine Sehnen. Niemand gerbte die Haut. Seine Mutter brauchte keine Bandagen mehr für ihre kranken Beine.

Gewiß, der mudjaupa, Watamany und Popy waren erhitzt und erregt, und sie nahmen den Mund ein bißchen voll, aber sie kochten dann Hirschragout auf ihre Weise. Sie kochten es viel zu lang, zu weich und nicht auf Yahiart, nur pukka-pukka.

Dann waren wieder Tage, wo Kroeber und Waterman ihn nur fotografierten. Er mußte Feuer mit seinem Drill machen, er mußte eine Harpune schnitzen, auf einem Felsbrocken im Fluß stehen, schwimmen, den Bogen spannen und zielen, das alles knipsten sie. Und sie brachen mit ihm auf zum nahen Wowunupo mu tetna. Trauer befiel ihn, als er den Zufluchtsort wiedersah. Die kleinen Häuser standen noch, besser erhalten, als er gedacht hatte. Der Pfad, auf dem er seine Schwester hatte davonlaufen sehen, war immer noch zu erkennen.

Kroeber und Waterman, aber auch Pope stellten ihm Fragen, sogar der kleine Saxton. Und Ishi zeigte, wo er geschlafen hatte, und da seine Mutter und da sein Onkel und seine Schwester. Es war nicht viel zu zeigen, zwei kleine Häuser mit viel Raum für Vorräte, ein Rauchhaus, ein Reservoir, in das sie im Winter Schnee stopften, um im Sommer nicht jeden Tropfen Wasser vom Fluß heraufschleppen zu müssen, und, etwas abgelegen, eine Latrine.

Daß sie entdeckt wurden, war sein Fehler gewesen. Er hatte gewußt, daß fremde Weiße in der Nähe waren. Er hatte sie öfters beobachtet. Aber er hatte nie gedacht, daß sie am Ufer des Deer Creek daherkommen würden. Nie waren Weiße hier unten im Cañon durchgegangen. Er hätte vorsichtiger sein müssen, er konnte durch das Rauschen des Wassers niemanden kommen hören. Und als er sie sah, von einem Felsblock in der Mitte des Flusses aus, wo er mit seiner Harpune stand, da entdeckten sie ihn im gleichen Augenblick. Einen Atemzug lang standen sie still. Er fühlte, sie fürchteten ihn mehr als er sie. Aber zum Glück hatten sie keine Waffen bei sich. Sie gingen dann flußaufwärts weiter, und er wußte, daß er und seine Leute verloren waren. Er warnte die anderen, und seine Schwester und er vereinbarten, in verschiedenen Richtungen zu fliehen, nur so hatten sie eine Chance. Er hatte schon früher mit ihr Fluchtplätze festgelegt, mit Vorräten versorgte, gute Verstecke, die fürs erste Schutz boten und von einem Weißen kaum zu erkennen waren. Und dann war am nächsten Morgen zuerst Apperson gekommen, allein, und er, Ishi, hatte ihm einen Pfeil entgegengeschickt, ganz nahe, sehr schnell, knapp am Ohr vorbei.

Apperson hatte ihn vorbeifliegen hören und den Wink verstanden. Später war er ein zweitesmal gekommen, mit den zwei Weißen vom Tag zuvor und noch ein paar anderen. Da hatte er ihn treffen wollen und verfehlt.

«Wir kamen hier rauf», erzählte Merle Apperson. «Wir kamen hier rauf, den Bärenpfad. Wir wollten ihnen nichts tun. Ich hab keinem Indianer etwas getan. Nie. Und die Landvermesser waren zwar rauhe Burschen, aber keine Killer. Die wollten nur echte Indianer sehen, nicht solche wie im Zirkus. Und das war ja auch der Grund, warum sie alles hier mitgehen ließen. Sie haben nicht mit Absicht gestohlen, das war nur 'ne Art Souvenir für sie. Sie wollten ein Andenken von den echten Indianern haben. Dort in diesem Haus, da lag unter einigen Fellen 'ne alte Frau. Sie zitterte am ganzen Körper. Ihr Haar war weiß und ganz kurz, also war sie in Trauer. Ich kannte das. Und die Beine hatte sie bandagiert.»

«Wie bandagiert?» fragte Dr. Pope interessiert.

«Mit Hirschlederbinden, ganz exakt. Sie verstand kein Englisch. Ich versuchte es auf Spanisch, ‹muy malo?› fragte ich sie. Und sie zitterte und sagte: ‹malo, malo›. Mehr sagte sie nicht. Ich werde ihre Augen nie vergessen. Die Angst in ihren Augen. Dieser Blick hätte es einem Massenmörder schwergemacht, sie umzubringen. Und ich wollte sie gar nicht umbringen. Daß die Vermessungsleute alles mitgehen ließen, sogar die Lebensmittel, das war mir echt peinlich. Wirklich, echt peinlich war mir das. Ich hab ihnen auch gesagt, ihr könnt das nicht. Da wollten sie noch Geld dalassen. Aber was sollten die mit Geld? Die konnten doch nirgends hin. Und sogar wenn sie gekonnt hätten, sie hätten sich kaum mehr getraut. Ich hab drum kämpfen müssen, daß sie der Alten die Pelzdecke ließen. Ich sag's ja, die waren wie wild auf das Zeug. Alle Körbe, alles nahmen die mit. Ein Bärenfell war auch dabei.

Am nächsten Tag, ich weiß noch genau, es war der elfte November 1908 – ich dachte noch, der elfte elfte, darum hab ich mir das gemerkt – da bin ich nochmal hierher, ich hatte was zum Essen mit, die Alte tat mir leid. Ich dachte, sie macht's nicht mehr lang. Sie sollte wenigstens nicht hungern. Aber da war sie verschwunden.»

«Und Sie fanden keine Spur?» fragte Waterman.

«Keine.»

Oh, Mutter, dachte Ishi. Er hatte Apperson und die Leute fortgehen sehen. Oben unter der Geröllhalde hatte er gewartet, dann war er hinuntergestiegen und hatte vor der Hütte wie ein Rehkitz gewimmert, damit seine Mutter nicht erschrak.

«Flieh», hatte sie gesagt, «laß mich hier liegen. Laß mich hier sterben.»

Aber er hatte nur den Kopf geschüttelt. Alles hatten die Weißen mitgenommen, sogar die Eicheln, sogar seinen Feuerdrill. Er konnte ihr nicht einmal eine Suppe kochen.

«Ich bringe dich weg», hatte er gesagt. Er wußte nicht, wohin, aber er wollte sie wegbringen. Hier war sie nicht mehr sicher. Und alles war seine Schuld. «Wohin soll ich dich bringen?»

«Bring mich zum Waganupa.»
Sie konnte nur ein kurzes Stück gehen. Dann mußte er sie tragen. Bei Einbruch der Dunkelheit waren sie aufgebrochen, und er hatte seine Mutter geschleppt, die ganze Nacht hindurch. Es hatte zu regnen begonnen, und es war ein Glück, daß sie noch die Kaninchenfelldecke hatte.
Den Tag über hockten sie im Dorngestrüpp, und er hatte nichts in der Hand, um zu jagen, nur noch den Bogen. Er versuchte, Schlingen zu legen, aber es war vergeblich, er fing nichts. Als sie zwei, drei Tage später zu den großen Wiesen am Fuß des Waganupa kamen, begann es zu schneien.
Sie überlebte die nächste Nacht nicht mehr.
Heute wußte er nicht, wie er das Holz zusammengetragen und wie er überhaupt ein Feuer zustande gebracht hatte. Er hatte vor Schmerz keinen Schmerz gespürt. Nachdem er ihre Asche in der Nähe von drei Felsblöcken unter Steinen verscharrt hatte, reinigte er sich im kniehohen Schnee und ging mit der Felldecke zurück.
Auf den Fluchtplätzen fand er später alle versteckten Vorräte. Seine Schwester hatte mit dem Onkel keinen von ihnen erreicht.
Es schneite nun auch hier, und er war allein.

«Hast du gesehen, wie er die Harpune geschnitzt hat?» fragte Merle Apperson seinen Sohn.
Der schüttelte den Kopf. «Ich hab ihm zugesehen, wie er sich Pfeil- und Speerspitzen mit einem Knochen schlug. Er paßte auf, daß mir kein Splitter ins Auge sprang. Und die Pfeile schabte er so lange mit einem scharfen Stein, bis sie ganz glatt waren, wie gedrechselt.»

Merle Apperson nickte. «Seine Geräte haben damals schon die Landvermesser sehr bewundert. Die konnten sich nicht vorstellen, wie er das ohne richtiges Werkzeug derart präzis hinbrachte.»
«Komisch», sagte Dave.
«Was ist komisch?»
«Daß wir ihn nie zu Gesicht bekommen haben. Und er war gar nicht weit von uns.»
Ishi kam mit Dr. Pope vom Fluß zurück. Sie hatten die neue Harpune ausprobiert.
Dr. Pope war überglücklich, zum erstenmal hatte auch er einen Fisch und nicht nur Wasser gespießt. «Passen Sie auf», sagte er zu Kroeber, «wenn wir hier abfahren, bin ich ein Yahi. Und er ist mein Häuptling.»
«Und was sagst du dazu?» fragte Kroeber Ishi.
Ishi lächelte. Heute wollte er dem big chiep und Watamany zeigen, wie er sein Hirsch-Stew kochte. Da kein Kochkorb vorhanden war, mußte er einen Kochtopf nehmen. Er holte sich etwa eigroße Kiesel vom Fluß, füllte den Topf zur Hälfte mit Wasser, erhitzte die Steine, schnitzte sich einen Gabelast, legte dann das Fleisch und wilde Zwiebeln und wilden Lauch in das Wasser und hob einen Stein nach dem anderen aus der Glut in den Topf. Singend zischten sie auf. Beim fünften Stein etwa begann das Wasser zu sieden und «pukka-pukka» zu machen, ein, zwei Steine noch dazu, fertig.
«Suppe klar, Gemüse nicht zerkocht, Fleisch zerfällt nicht.» Ishi strahlte, als es den anderen schmeckte. Hier war sein Land. Hier mußten ihn die Professoren und der Doktor fragen, in San Francisco hatte er nicht gewußt, was tun. Schon am nächsten Tag wollte Watamany pukkapukka kochen. Er machte fast alles wie Ishi, hatte nur

vergessen, daß die Steine Wasser verdrängen, er warf acht oder gar zehn ins Wasser, ohne daß dieses auch nur die geringste Lust zeigte, pukka-pukka zu machen. Der Topf mußte übers Feuer gehängt werden.
«Begreifen Sie das?» fragte Waterman Kroeber. «Ich begreife das nicht.»
«Deine Steine waren kalt», sagte Ishi. Und er war wieder der fröhliche Ishi, der gern neckte und geneckt wurde. Und nicht der Ishi mit dem grauen Gesicht und den brennenden Augen im Versteck des Grizzlibären, in Wowunupo mu tetna.
Die letzten Tage streiften sie auf ihren Pferden durchs Land, hin zum Mount Lassen, Ishis Waganupa. Er beeindruckte vor allem den jungen Saxton Pope, der noch nie einen Dreitausender aus der Nähe gesehen hatte. Als sie an den Felsblöcken vorbeikamen, wo Ishi die Asche seiner Mutter verscharrt hatte, blieb er zurück und sog die würzige Bergluft ein, als wäre in ihr noch ein Hauch seiner Mutter, dann stieß er dem Pferd sanft seine bloßen Füße in die Flanken, und er holte die anderen ein.
«Ist irgendwas?» fragte Dr. Pope und musterte Ishi besorgt.
Ishi schüttelte lächelnd den Kopf.
Waterman wollte zur sogenannten Kingsley Cave, zur Kingsley-Höhle, dort hatte etwa 1870 das letzte Massaker stattgefunden.
Der junge Saxton Pope lenkte sein Pferd zu Waterman. «Was ist ein Massaker?»
Waterman überlegte. «Ein Massaker? Das ist ein Gemetzel, ein Massaker spielt sich meist zwischen Wehrlosen und Bewaffneten ab.»
«Ich würde sagen», begann sein Vater, «bei einem Massa-

ker gibt es keinen Kampf. Es ist ein reines Hinschlachten, bei einem Massaker wird nur um des Tötens willen getötet, und meist nur deshalb, weil der andere anders ist. So haben die Römer die Christen massakriert, Christen wiederum Juden, und dann wieder Christen andere Christen. Ich erinnere mich da an die Schule, Geschichte. Albigenser nannte man sie, sie standen im Gegensatz zur Lehre des Papstes in Rom. Der Papst schickte ein Heer gegen sie, und die Leute, Irrgläubige und Rechtgläubige, flohen in die Kathedrale von Albi. Der päpstliche Legat gab den Befehl, die Kathedrale in Schutt und Asche zu legen. Als man ihn fragte, ob nicht auch Rechtgläubige unter den Leuten in der Kirche sein könnten, antwortete er, ich sehe noch meinen Geschichtslehrer, wie er das sagte: ‹Verbrennt sie alle, der Herr wird die seinen schon erkennen.›»

Ishi verstand kaum etwas von dem Gespräch. Er mußte nicht fragen, was ein Massaker ist. Er war dank seiner geistesgegenwärtigen Mutter mehreren entkommen.

Plötzlich hielt er an.

«Was ist?» fragte Pope und musterte den Felsen hinter Ishi.

«Hier muß es sein», sagte er und begann zu graben. Bald hatte er die Knochen einer Bärenklaue gefunden. Es war die Stelle, wo er seinen Bären getötet hatte. «Wamoloku» hieß der Ort, Bärenklauenplatz.

Als sie vor Kingsley Cave ankamen, ging keiner in die Höhle hinein.

«Hier war es», sagte Waterman, «die Yahi hatten sich in die Höhle geflüchtet. Und vier Viehtreiber waren hinter ihnen her. Es ging um ein Rind aus ihrer Herde. Sie hatten Blutspuren entdeckt, das Vieh gefunden, aus dem in aller Eile ein paar Stück Fleisch herausgeschnitten waren. Sie kamen am Morgen, Hunde hatten sie hergeführt. Und in der Höhle waren die Yahi gerade bei einer Art Frühstück. Sie waren über dreißig, Männer, Frauen, Kinder, Alte. Der Anführer der Viehtreiber, Norman Kingsley, hat später ganz offen darüber berichtet, daß er während des Massakers sein Spencer-Gewehr, Kaliber 56, gegen eine 38 Kaliber Smith und Wesson ausgetauscht hatte, weil das Gewehr sie so zerrissen hat. Die Babies vor allem!»

Saxton suchte die Nähe seines Vaters. «Gibt's jetzt noch Massaker, Dad?»

«Nein», sagte Dr. Pope. «Jetzt nicht mehr. Nicht mehr hier.»

Kroeber, der sehr still geworden war, mischte sich ein. «Aber ich würde nicht sehr stolz darauf sein, Saxton. Ich weiß nicht, ob es nicht noch genug Leute gäbe, die so etwas tun würden. Aber es sind einfach keine mehr da, die massakriert werden können.»

«Bei bestimmten Leuten», stimmte Dr. Pope zu, «ist die Bereitschaft zu solchen Dingen ganz gewiß immer vorhanden. Was ihnen fehlt, sind nur die Opfer.»

«Und einen, der ihnen einredet, daß die anderen keine Menschen seien», ergänzte Kroeber.

«Kam Kingsley vor Gericht?» fragte der Junge.

«Nein», antwortete da Apperson. «Keiner von ihnen. Damals war die Stimmung derart ... Ich weiß das von meinem Vater, wenn irgendwo irgend etwas fehlte, dann waren es einfach immer die Indianer gewesen. Immer die Indianer. Jetzt wird auch gestohlen, mehr als früher, wer ist es jetzt?»

«Was man Saxton noch sagen sollte», meldete sich Waterman, «damals dachten die Mörder hier, sie hätten die letzten Yahi getötet. Der Wahlspruch der Guards war ja: ‹Wir müssen sie alle umbringen, ob klein oder groß.›

Endlich schien das Ziel erreicht zu sein. Die Rancher, die Guards und das Mördergesindel, das sich da zusammengefunden hatte, triumphierten. Einige zogen los, um sich die Hingemordeten in der Höhle hier anzusehen. Sie kamen zwei, drei Tage nach dem Massaker. Und die Höhle war leer.»

«Wo wurden die Toten hingebracht?» fragte Saxton. «Und wer hat sie weggebracht?»

«Es muß ein paar Überlebende gegeben haben, die haben sie bestattet. Ein Feuer wäre zu verräterisch gewesen, nimmt man an. Andererseits, vergraben konnte man sie hier auch nicht. Wenige Zentimeter unter dem Grasboden ist hier überall nur Fels. Niemand hat ihre Toten gefunden.»

«Weiß Ishi etwas?» fragte Saxton.

«Ishi schweigt», sagte Kroeber.

Sie sahen sich um. Ishi war verschwunden. Sein Pferd stand etwas abseits und rupfte zarte Blätter von einem Strauch.

«Merkwürdig», sagte Kroeber. «Hat jemand gesehen, wohin er gegangen ist?»

Niemand hatte etwas bemerkt.

«Soll ich rufen?» fragte Saxton.

«Nein», sagte Waterman. «Wer weiß ...» Er ging zu Kroeber und schaute ihn lange an.

«Wissen Sie, an wen ich denke?» fragte ihn Kroeber.

«An Ishi, wie alt er wohl war, als das hier passierte.»

«Nein. Ich denke an unseren Freund Juan Dolores.»

«An diesem Ort?»

Kroeber nickte. «Er hat mir erzählt, daß ein Papagokrieger, und nur ganz bestimmte ausgewählte Männer durften Krieger werden, daß also ein Papagokrieger, der getötet hatte, im Kampf getötet, sich einer sechzehntägigen

rituellen Reinigung unterziehen mußte.»
«Und?»
«Nichts, ich erinnere mich nur daran. Und ich vergleiche.»
«Da ist Ishi!» rief der junge Saxton. «Ishi, wo warst du?»
Ishi schwieg lächelnd. Dr. Pope merkte, daß er irgendwie entrückt schien. Ishi wirkte ganz gelöst. Er war schön.
«Ich hab Angst um dich gehabt, Ishi», sagte Saxton, «wo warst du?»
«Ich bin ja wieder da», sagte Ishi.

Ishi hatte so vieles mit den anderen mitgemacht, hatte gezeigt, was er konnte, wie er früher gelebt hatte, hatte Bogen und Pfeile geschnitzt, Feuer gemacht, gekocht, gejagt, nach den Fischen gestochen, eine Seilbrücke über den Deer Creek gezogen, sich den Lendenschurz angelegt, jetzt wollte er noch zu einem ganz bestimmten Platz.
Er ritt mit dem jungen Saxton und Dr. Pope voraus, hinter ihnen bildeten Kroeber, Waterman und Merle Apperson die zweite Gruppe. Dave war im Lager zurückgeblieben.
«Bin neugierig, wohin es heute geht», sagte Apperson. «Vielleicht führt er uns dahin, wo er mal eine hübsche Braut hatte. Ist ja auch arg für ihn gewesen, wo Sie ihn überall hingezerrt haben.»
«Meinen Sie?» fragte Waterman.
«Überallhin, wo Furchtbares passiert ist.»
«Wo ist hier nichts Furchtbares geschehen?»
«Und dann der kleine Saxton, ich hätte ihm nichts von Anderson und Good erzählt, die hatten ja Hunderte von Ishis Leuten auf dem Gewissen.»
«Sein Vater meint», entgegnete Kroeber, «er sollte es wissen.»

«Begraben und vergessen», rief Apperson. «Keiner von denen wird mehr lebendig. Es war eine schreckliche Zeit, gewiß, aber was können wir da noch tun?»
«Schämen, beispielsweise», antwortete Waterman. «Wir können uns Tag und Nacht schämen. Der junge Saxton muß damit fertig werden, daß unsere Leute, Leute unserer Art, Landsleute, Apperson, so etwas gemacht haben. Dreihundert tote Indianer bei einem Herbstfest am Waganupa, über dreihundert erhängt oder erschossen bei Chico, dreiunddreißig bei Campo Seco, über dreißig in Kingsley Cave, ein vom Blut roter Mill Creek bei Three Knolls, und wir wissen sicher nicht alles, die Liste ist lang. Sie sehen es ja, Ishi ist der letzte.»
«Es waren nicht alle Mörder», sagte Apperson.
«Gewiß. Aber die Mörder haben viele Zuschauer gehabt. Keiner kann sagen, er hätt' es nicht gewußt. Sie haben gesehen, wie die roten Kinder von ihren weißen Spielkameraden gerissen, wie man rote Frauen aus dem Haus ihres weißen Mannes geholt hat, und wie sie alle umgebracht wurden. Nicht alle haben gemordet, gewiß, aber zu viele haben zugesehen. Und es hat zwischen Mördern und Zuschauern einen Grad an Übereinstimmung gegeben: es waren ja ‹nur› Indianer.»
«Die haben auch gemordet.»
«Sie haben zurückgeschlagen, gewiß. Schwach zurückgeschlagen, zugegeben. Sie haben sich aber immer nur an den Mördern und ihren Familien gerächt. Ist Ihnen oder Ihren Angehörigen etwas geschehen?»
«Nein», sagte Merle Apperson. «Aber unsere Leute haben uns selbst bedroht, weil wir nicht mitgemacht haben. Wir haben uns vor beiden gefürchtet, vor den Weißen und den Roten.»

«Wo geht es denn eigentlich hin?» fragte Kroeber.
Apperson richtete sich im Steigbügel hoch. «Keine Ahnung, was Ishi vorhat.»
Insgeheim fürchtete Apperson aber das von ihm vermutete Ziel dieses Ritts. Sie trabten über die Deer Creek Flats, aber wenn Ishi nicht auf der Höhe blieb, sondern links einen Abhang hinunter ritt, dann wußte Apperson, wohin Ishi wollte.
Der Killer Anderson hatte damals Yahi über die Flats hinweg verfolgt. Es war 1866, ein schlechtes Jahr, die Indianer hungerten, sie holten sich von den Ranchern, was ihnen fehlte. Wurde einem Rancher etwas gestohlen, dann rief er nach Anderson. Und Anderson richtete es immer so ein, daß er von oben kam. Er erschoß die Indianer am liebsten von der Höhe aus. Da konnten sie nicht gegen ihn an.
Apperson hatte recht gehabt. Ishi bog vorne links ab, da weiter unten war einmal ein Indianerdorf, ganz in der Nähe eines Wasserfalls, und da hatte Anderson sie gestellt. Gemeinsam mit seinen Leuten erschoß er einen nach dem anderen. Er wollte schon umkehren, da entdeckte einer seiner Kumpel, sein Name war Moak, Jake Moak, einen Mann, der sich hinter dem Wasserfall versteckt hatte. Man konnte den Mann durch das stürzende Wasser hindurch sehen, und Moak schoß auf ihn, bis er zusammenbrach.
«Wissen Sie, wohin es geht?» fragte Kroeber.
«Ich glaube ja», sagte Apperson, «da unten hatten sie mal irgendwo ein Dorf.»
Die Wiese war grün mit verstreuten Buschgruppen darin, Weiden und Haselnuß. Ein malerischer Felsen, etwa fünfzehn Meter hoch ein sprühender Wasserfall, der Regenbogen zauberte. Neben dem Felsen ein sanfter Hang, einige

Fichten, einige Eichen, die neben dem frischen Grün noch das braune Vorjahreslaub trugen.
Ishi glitt aus dem Sattel und fühlte das Gras unter seinen Füßen, und das Gras war weich und kühl.
«Schön ist es hier!» rief der junge Saxton, und er folgte Ishi. Vor dem Wasserfall war ein winziger See, blau an den seichteren Stellen und dunkelgrün in der Tiefe, ein Bach floß aus dem See und schlängelte sich durch die Wiesen.
«Was macht er hier?» fragte Waterman.
«Keine Ahnung», sagte Kroeber.
Er weiß es, dachte Apperson.
Es war seltsam still, die Vögel schwiegen. Oder gab es hier keine Vögel?
Ishi stand am Ufer des Sees. Wie alt war er damals gewesen? Vier oder fünf? Oder vielleicht sechs Jahre? Es war gleichgültig. Seine Zeitrechnung war durcheinandergeraten. Er wußte nur noch, daß gestern gestern war und morgen morgen sein würde. Er stand hier am Ufer und hielt die Hand seiner Mutter, und sie stieg in den See, und das Wasser reichte ihm bis zur Brust, seiner Mutter aber nur bis zur Hüfte. Dann schwammen sie. Der Wasserfall nahm ihm den Atem, dieser feine Wasserstaub, in dem die Regenbogen hingen. Und dann war die Mutter hinter den Wasserfall gekrochen und hatte ihn hervorgeholt, seinen Vater . . . und das Wasser war rot und sein Vater ganz bleich. Später waren noch ein paar Frauen dagewesen, die der Mutter weinend geholfen hatten. Und am Abend hatte sich seine Mutter die Haare sehr kurz gebrannt.
Ishi tauchte seine Füße in den See und sah hinüber. Er erstarrte. Drüben hinter dem Wasserfall stand ein junger Yahi, und er winkte ihm, er solle kommen. Ishi sah den Mann ganz deutlich.

Erst als er nickte, hörte der Mann zu winken auf und verschwand.
Als Ishi sich umdrehte, starrten ihn die anderen an. Keiner wagte zu fragen. Der junge Saxton ergriff seine Hand, und sein Vater schien zu begreifen, daß etwas geschehen war.
«Ich will nach Hause», sagte Ishi nach langem Schweigen.
«Wohin nach Hause?» fragte Dr. Pope.
«Ins Museum, nach Frisco.»
Auf dem Rückweg zum Lager suchte Ishi die Nähe Appersons. Apperson merkte dies und zog die Zügel straffer.
Eine Weile ritten sie langsam nebeneinander.
Endlich sagte Ishi: «Ich wollte dich töten.»
«Ich weiß», erwiderte Apperson. «Ich wollte dich damals nicht töten.»
«Das wußte ich nicht.»
Apperson lächelte verlegen und suchte nach einem befreienden Wort.
«Hauptsache», rief er schließlich, «heute wissen wir's.» Und er gab seinem Pferd die Sporen und schloß zu den anderen auf.

San Francisco.
Das war der Weg die Parnassus Heights hinunter zum Trolleybus. Die Fahrt zum Fährgebäude, mit der Fähre über die Bucht und mit dem Vorortzug von der Oakland Mole bis zur Endstation, nur einen Block vom Universitätscampus entfernt. Längst unternahm Ishi diese Reise allein.
Das waren noch eine Reihe von Sonntagen im Museum.
Tage im Krankenhaus, darunter jener entsetzliche, da er eine Tür öffnete, die er noch nie geöffnet hatte, in den Seziersaal geriet und sezierte Leichen in verschiedenen

Stadien der Zerlegung entdeckte. Er lief und lief und landete endlich bei Dr. Pope, der ihn lange beruhigen mußte und ihn zu Operationen einlud, um das schreckliche Erlebnis zu verwischen. Ishi war bei den Operationen ein sehr ernster und interessierter Zuseher.

San Francisco.

Das war seine eigene Krankheit.

Das waren aber auch die Späße und Neckereien Worbinnas, die düsteren Prophezeiungen Loudys, das griesgrämige Gesicht von Poyser, die Freundlichkeit von Gifford und das Lächeln seiner Frau Delila.

Das waren diese Zirkusvorstellungen, eine Buffalo Bill- und Wildwest-Show mit echten Indianern. Das war der Abend mit den vielen Indianern. Einer, ein Siouxhäuptling, kam auf sie zu und fragte: «Zu welchem Stamm gehört er?» Pope antwortete: «Yana von Nordkalifornien.» Der großgewachsene Häuptling der Sioux nahm eine Strähne von Ishis Haar und rollte sie zwischen den Fingern, dabei blickte er ihm prüfend ins Gesicht. Schließlich sagte er: «Er ist ein Indianer von sehr hohem Rang.» Und Ishi sagte zu Pope über den Sioux: «Er ist ein big chiep.» Pope hatte längst erkannt, daß Ishi kein gewöhnlicher Indianer war. Kein Mensch bewegte sich so schön wie Ishi. Er schrieb, angeregt durch Ishi, an einem Buch über die Kunst des Bogenschießens.

Loudy nahm Ishi mit ins Kino. Man zeigte einen Passionsfilm. Aber Loudy hatte zu viel von dem bösen Mann gesprochen, der kaum einen in sein Haus ließ, so daß Ishi Christus mit diesem bösartigen Mann verwechselte, und den Ausgang der Geschichte als gerecht empfand.

Loudy war niedergeschmettert.

San Francisco, das waren die drei Sommermonate 1915 im

Haus Watermans in Berkeley, der tägliche Weg über das Universitätsgelände, an der Bibliothek vorbei, an den Nord- und Südhallen, am Strawberry Creek vorbei durch Faculty Glade zum Anthropologiegebäude, wo ein Freund Professor Watermans, der Linguist Professor Sapir, auf ihn wartete und sich von ihm stundenlang Yahiwörter diktieren ließ.

Manchmal ermüdete ihn Sapir mit seinen Fragen.

San Francisco, das war ein entsetzlicher, trockener Husten und Müdigkeit, Kopfschmerzen und Stechen in der Brust, das war die Sehnsucht nach Schlaf und Ruhe.

Gesichter beugten sich über ihn, Waterman, Kroeber und immer wieder Gifford. Manchmal auch das Delilas.

«Wie geht es?» Sie war noch immer nobel und nannte seinen Namen nicht.

Ishi lächelte und versuchte den Ruf des Bergwachtelhahnes.

Sie antwortete gurrend, wie damals im Sutro Forest.

«Unsere Pflanzen sind angewachsen.»

Er nickte. «Unsere» Pflanzen hatte sie gesagt.

Kroeber reiste ab. Und irgendwo, weit über dem Meer, mordeten Weiße diesmal die Weißen.

Seine Träume wurden wirrer. Er schwamm mit seiner Mutter zum Wasserfall, der Mann dahinter winkte. Seine Schwester tauchte auf. Sie waren wieder in Wowunupo mu tetna.

Sie standen um sein Bett und redeten, und er verstand nicht, was sie sagten.

Dr. Pope erklärte Waterman, daß die Indianer nicht immun gegen die Krankheiten der Weißen seien. «Sie vergessen eines, wir erhalten uns durch unsere Krankheiten vom Kindesalter an gesund.»

Waterman erzählte seinen Studenten von Ishi. Er verlangte von ihnen, sie müßten Feuer machen können wie er. Als er ihnen vorführte, wie sie es machen müßten, brachte er nur einen Faden Qualm zustande.
Später wußte es Dr. Pope. Offene Tuberkulose. «Wir haben zu lange keine Bazillen in seinem Sputum gefunden.»
Gifford schmiß eine Pazifik-Insel-Ausstellung aus einem Zimmer des Museums und packte sie in den Keller, weil dies das sonnigste Zimmer war. Da wurde Ishi hineingelegt. Wenn er den Kopf hob, konnte er den Golden Gate Park und Sutro Forest und das Krankenhaus sehen. Und wenn er die Augen schloß, sah er den jungen, kräftigen Yahi, der hinter dem Wasserfall stand und ihn zu sich winkte.
Ein paar Tage ging es besser. Ishi wollte etwas tun.
Poyser ließ ihn mit seinem Gummischrubber an die Fenster. Zwei schaffte Ishi, dann war er müde. Poyser räumte alles weg. Mit Tränen in den Augen.
Als Waterman von Berkeley kam, sagte Ishi stolz: «Ich hab Fenster geputzt.»
Waterman war am Heulen, als er ging, er machte sich Vorwürfe, Ishi mit den langen Interviews von Sapir überanstrengt zu haben.
Aber Ishi war nicht traurig. Er klagte nie.
Immer öfter besuchte ihn seine Mutter . . .

In der Nacht wachte er auf. Ein leiser Luftzug hatte ihn geweckt. Ein Luftzug wie von einem, der vorsichtig vorübergeht.
Waren die Jäger gekommen, hatten sie ihn, den letzten Yahi, endlich gefunden?

Ishi lag still und atmete kaum. Ihm war alles klar. Er lag in seinem neuen Zimmer im Museum. Da war sein Bett, dort der Tisch und der Stuhl, das Fenster mit dem Baumwollvorhang davor, und draußen vor dem Fenster der Schimmer der Nacht. Und dann sah er, wie sich die Luft vor dem Fenster verdichtete, wie aus dem Dunkel Gestalt wurde, ein Körper.

Er lag da, die Hände im Bettuch verkrampft, und konnte diesen Vorgang zwischen dem Fußende seines Bettes und dem Fenster nicht verhindern. Es war eine Kraft da, nicht aufzuhalten. Er sah die Gestalt ganz deutlich, sie löste Schauer aus, die ihm die Schultern hinunterflossen. Es war seine Mutter, gebückt und zusammengesunken, wie in Wowunupo mu tetna.

«Mutter?»

«Keine Angst. Ich bin's.» Sie sprach, wie sie im Wald mit ihm gesprochen hatte, auf der Steinplatte im Cañon. Das Wispern einer Maus konnte nicht leiser sein.

«Keine Angst. Sie finden uns nicht. Diesmal nicht.»

Er hob den Kopf, stützte sich auf, ganz leicht nur, das Stroh unter ihm durfte nicht knistern. Er sah, wie sich die Gestalt seiner Mutter zurückzog, in die Ecke links vom Fenster. Dort kauerte sie sich hin.

«Bist du durch den Fluß gegangen?» fragte er leise.

«Durch den Fluß, und von Steinplatte zu Steinplatte, und wo ich die Erde berührte, streute ich Laub darüber ...»

«Und woher kommst du?»

«Von unserem Sommerplatz in den Bergen, vom Waganupa unter dem Schnee. Ich hab dir Dörrfleisch mitgebracht und wilde Zwiebeln und Eichelmehl ...»

«Wie ist es dort jetzt?»

«Wie früher. Nur ...»

«Nur?»
«Sie jagen uns nicht mehr. Sie haben es aufgegeben. Man kann die Blätter der Sträucher nicht jagen, nicht die Halme der Gräser. Wir wohnen hinter der Rinde der Bäume, in den Adern im Fels.»
«Gibt es noch Klee im Frühjahr, Mutter?»
«Mit sauren Blättern und süßen Blüten. Es gibt noch Klee im Frühjahr.»
Da erst wurde ihm gewahr, daß er mit seiner Mutter redete, als wäre er eine Frau oder ein Kind und nicht ein Mann. Aber so sehr er sich auch mühte, er hatte die Männersprache der Yahi vergessen, die Sprache, in der er so viel hatte schweigen müssen.
«Ich spreche wie ein Kind», sagte er kleinlaut, «und nicht wie ein Mann. Verzeihst du mir, Mutter?»
Er konnte es nicht sehen und nicht hören, aber er wußte, daß seine Mutter lächelte. Es war ihr einerlei, welche Sprache er sprach. Für sie war es ganz und gar bedeutungslos.
«Wo war ich als Kind?» fragte er, weil er sich daran kaum mehr erinnern konnte.
«Wir hatten ein hübsches, kleines Dorf. Hütten mit Wänden aus Flechtwerk und mit Lehm verschmiert. Der Wind blieb draußen und der Regen auch. Der Boden in unserer Stube war immer trocken. Und wir Frauen hatten ein eigenes Haus . . .»
«Hast du nicht bei meinem Vater gewohnt?»
«Ich wohnte bei deinem Vater, aber alle vier Wochen gingen die Frauen in das Haus. Jede zu ihrer Zeit. Erst nach fünf oder sechs Tagen kehrte sie zu ihrem Mann zurück. So auch ich zu deinem Vater.»
«Du sprichst sehr leise, Mutter.»

«Wir haben immer leise gesprochen. Auch du warst leise wie alle unsere Kinder. Eure Spiele waren leise Spiele. Ihr habt leise gelacht und leise geweint. Unsere Hunde bellten nicht.»

Die Hunde!

Ishi erinnerte sich. Ein graubraunes, struppiges Fell, aus dem es staubte. Die Rippen unter dem Fell, das Klopfen des Herzens, die rosige Zunge, die weißen Zähne, der dunkel gesprenkelte Gaumen. Sein Kopf auf dem Fell des Hundes, der kurze, hechelnde Atem. Das leise Knurren, das den Vater weckte.

Die Hunde waren die einzigen Haustiere gewesen. Alle anderen Tiere waren wild, so hatte es ihn sein Vater und später sein Onkel gelehrt.

«Mutter?»

Die kleine, zusammengesunkene Gestalt in der linken Ecke hob den Kopf.

«Ich hab Feuer aus zwei Hölzern gemacht», sagte Ishi, als ob seine Mutter das nicht wüßte.

«Ja, das hast du. Niemand konnte so schnell Feuer machen wie du.»

«Ja», sagte er überzeugt.

«Niemand konnte ein solch rauchloses Feuer machen wie du.»

Ishi nickte.

«Auf keinem Feuer wurden die Lachse so gut wie auf deinem.»

«Ich nahm nur das trockenste Holz, Mutter, die dürren Zweige der Eichen, das Eichenholz war es, das die Lachse so gut machte.»

Er rieb die Hölzer am Felsvorsprung in der Schlucht. Seine Handflächen wurden heiß, so schnell drehte er den Eichenstab im weichen Holz. Schon nach kurzer Zeit stieg ein Faden Rauch auf, ein dünner Strich nur. Und wenn er in das trockene angemoderte Holz blies, war ein Funken Glut zu entdecken. Er brauchte nur zu wissen, wie leicht sein Atem über die Glut hinstreichen mußte. Später war es einerlei, er legte vorsichtig ganz dünne Rindenstücke über den glühenden Kern. Er holte tief Luft und blies wieder, geduldig und gleichmäßig. Sein Atem nährte das Feuer. Jetzt kamen Distelsamen, die ersten, dünnen Zweige darauf, dann stärkere. Rot waren die Flammen und rauchlos. Und wenn er hineinblies, wurde das glühende Holz weiß. Mutter hatte einen flachen Teller geflochten, eine flache Scheibe mit Stiel, damit fachte er jetzt das Feuer an, verjagte den Rauch. Er konnte sein Gesicht nicht mehr dem Feuer nähern, schon war es zu heiß. Er fächelte Luft zu und war stolz, daß sich kein Brandgeruch verbreitete. Er brachte das Feuer. Er war der, der ihnen mit seinem Feuer Geborgenheit schenkte.

Und plötzlich war es nicht mehr das kleine Feuer am Felsenvorsprung in ihrer Schlucht, sondern das große, gierige damals, das ihre Toten aus der Höhle verbarg. Immer höher stiegen die Flammen, immer unerträglicher wurde die Hitze. Der Onkel kam mit einem brennenden Ast, um sein Haar zu verbrennen. Es waren zu viele Tote. Mehr als Lebende. Der Onkel verbrannte erst sein eigenes Haar bis auf die Kopfhaut. Es mußte ihn schmerzen, aber er verzog keine Miene. Und dann kam sein Onkel mit dem flammenden Holz auf ihn zu, die Hitze erfaßte ihn, und als sie unerträglich wurde, begann er zu laufen. Er mußte zurück, zurück in die Berge, wo sie sich den Sommer über aufgehalten hatten. Aber wann waren diese Sommer gewesen? Weit, weit zurück mußten sie liegen, und er war nicht sicher, ob er wenigstens einen dieser Sommer noch finden würde. Seine Mutter ... seine Schwester ... die kleinen kernigen Zwiebeln, die sie gegessen hatten ... der Wasserfall ...

Wo waren diese Sommer?

Ihm war klar, zunächst mußte er den Wald finden und dann den Bach im Wald. Seinen Lauf ging er aufwärts, die vielen glattgeschliffenen Steine, manchmal sanft gebuckelt, wie zusammengerollte Tiere im Schlaf ...

Oh, gutes, hilfreiches Wasser. Durstlöscher und Spurenverwischer. War es der Vater gewesen, ein anderer Mann, sein Onkel? «Vertrau deine Spur dem Fluß an, er ist verschwiegen.»

Ishi lief, lief den für andere unkenntlichen Pfad der Yahi. Die jungen Äste peitschten ihm Gesicht und Brust, Sonnenlicht lag gesprenkelt auf den grünen Blättern, das durch die Baumkronen hier hereingefunden hatte. Nur das Erdreich war ganz ohne Licht. Der Boden kühl und von der Nacht feucht. Mitten in einem Strauch hielt er ein und atmete. Blätterumrankt stand er da, ausgelöscht, kein Mensch mehr, sondern Strauch. Das Zittern der Blätter hatte Wurzeln in ihm. Er verursachte nicht das kleinste Geräusch. Er atmete mit den Blättern und beruhigte sich und sein Herz.

Ishi starb am 15. März 1916.
Und so, stoisch und ohne Angst, ging der letzte wilde Indianer Amerikas dahin. Er schließt ein Kapitel in der Geschichte. Er betrachtete uns als spitzfindige Kinder. schlau, aber nicht weise. Wir wissen viele Dinge, und vieles, was falsch ist. Er kannte die Natur, die immer wahr ist. Er hatte charakterliche Qualitäten, die immer Gültigkeit haben. Er war freundlich; er hatte Mut und Selbstdisziplin. Und obwohl ihm alles genommen wurde, war in seinem Herzen keine Bitterkeit. Seine Seele war die eines Kindes, seine Gedanken die eines Philosophen.

Dr. Saxton Pope

Nachwort

Das Museum auf den Parnassus Heights, in dem Ishi lebte und starb, wurde in den dreissiger Jahren niedergerissen, um einem Erweiterungsbau des benachbarten Hospitals Platz zu machen.
Das Filmmaterial über den «letzten Wilden Nordamerikas» ist durch unsachgemässe Lagerung in der Nähe von Zentralheizungsrohren zusammengebacken und verschmolzen.
Ishis Spur wurde verwischt, aber er blieb unvergessen.
Nach dem Tod von Professor Alfred Louis Kroeber im Jahre 1960 schrieb dessen Frau, Theodora Kroeber, das Buch

Ishi in Two Worlds
A Biography of the Last Wild Indian
in North America